川へ

斎藤よし子

鳥影社

川へ　目次

小説篇

エッセイ篇

小説篇

春になれば

(一)

九時をすぎると、

「ごきげんよう」

「ごきげんよう」

声をかけあいながら寒そうに女たちが集ってきた。グレーにぬりこめられた空はいつ雪がおちてもおかしくないほど厚い雲に覆われている。十時前になると、八畳、六畳と襖をとりはらわれた二間つづきの和室と、部屋をとりまく廊下まで、水盤を前に座る女たちでいっぱいにしめられる。三十人近い、大半が家庭の主婦である。年齢層は二十代から七十代と広かった。

玄関脇のバケツから自分の花をとり、空いている場所に、風呂場の腰掛けよりこぶりな木台をおき、その上に水盤、剣山をいれると各自の場所が決められる。そして、持ってきたビニールの上に花材をひろげると、そこには一足早く花々をとおして春が告げられるのだった。

県の支部長である水沢千枝の姿はなかった。千枝のことは、「先生は美容院」と内弟子の美樹から、さわさわとそこにいる女たちへ伝えられていたが、それはいつものことだった。ストーブが二つ焚かれているとはいえ、寒気が落ちていた部屋も、女たちの醸しだす雰囲気に次第に温まっていく。漂う空気に熱気が感じられるのは今日が月に一度行われる研究会のための稽古日だからだった。

外山八重子は廊下の隅に薄い座布団を敷き、小さい庭に向かって座っていた。雑然とした庭には、活けおえた枝ものを土にさし、根付いた木々が、寒風に梢を揺らしている。

八重子は小学校の教師をしていた。定年退職をした夫も、最後に中学校の校長を二年間勤め、今は書道と囲碁を趣味としていた。家が近いということで、水沢のもとに習いに来てから十年になろうとしていた。老後に何かと思い入った道だったが、ほそぼそと数人の弟子を教えるだけなので、持ち出しも多く趣味の域をでない。師匠の家の近く、という地盤がどういう意味をもつのかがわかったのは、入ってしばらくしてからだった。

いつも美容院で髪をセットし、大きな声で陽気に振る舞う水沢千枝のイメージは、八重子の中ではいつしか、カリスマ的なものに固定されていた。小太りで上背のある千枝は子供を持たなかった。親から分けてもらった敷地に家を建て、平凡なサラリーマンの男と結婚して、という千枝のアウトラインも、夫が家を出、若い女と暮らしているという不幸せな話に、何人もの弟子たちは、暗黙のうちに深くうなずく。助手の美樹との二人暮らしの現状は女の寂しさを現わしているが、花の稽古を通して受けた感情は、同情とは裏腹の屈折した感情を、彼女らの中に刻みつけていた。

あの丸い大きな目で睨み付けられると、弟子たちは苦もなく消えるのだった。射すくめる千枝の視線の中で八重子は生きながらえてきた、といっても過言ではなかった。千枝に楯突く者は止めざるを得なくなる。表面的には対立はほとんどなく、止める道まで千枝が用意したように、それらは自然な形でなされるのが常だった。——生け花だけが人生ではない——敗れた者が高らかに歌えるだけの場は残されていた。

入門してから三年後に、教授者としての資格が与えられる。そして階段をさらに上り始め、幹部の卵の卵といえる頃、ほとんどの弟子たちは切られていく。切るのに武器はいらなかった。皮肉と完全な無視、手だてはいろいろあった。止めていった者が愚痴とともに現在通う弟子たちにその事を話しても、絶対君主の立場の千枝に対しては何の力もなかった。きいた彼女らは千枝の笑顔の裏に潜む脅威を感じとるだけであろう。千枝にしてみれば自然淘汰だと思っているのかもしれなかった。教授者の看板を二度も取らせられたと誰かが呟《つぶや》いても、華道といっても所詮はビジネスだと千枝は胸をはっていいそうだった。

約八年前、教授者としての資格を受けた看板披露の写真を八重子は思いだす。和服でほほ笑む十数人のうち、残っているのは、千枝にとり無害な二、三人だけとなっていた。止めた人数と同じくらいの人が常時入会してくる。支部長という立場の千枝の所へは、新しく入門する者がとぎれなかった。弟子たちは一種の消耗品だった。

そんな状況のなかで八重子が続けてこられたのは、生まれつきとも思える一種の弱さからだった。楯突く気持は起きても、いつもそれは心の中で——耐える——という作用で処理されていた。その心の一連の動きは昔からのことだった。それは表面的に弱さとして性格に定着していたが、理由はともあれ続けていくことは、ある種の強さにつながる。しかし、弱さの中に含まれた強さを八重子は自覚することはなかった。

自分を守るためか、千枝はこの淘汰をくり返していた。そこにも大義名分はあった。華道という道にたいしての各々《おのおの》の覚悟のほどだった。資格は取っても弟子を持たない者は優遇されれた。医者の妻や、花嫁修業として通う独身のOLたちだった。千枝の本当の恐さは話にきくだけであって、その人たちにとって千枝はあくまでもやさしく明るい先生であった。

習い始めて六、七年たつと資格もそれなりにあがり、月謝をはじめ、花材、月刊誌など経費もかかるのだった。サラリーマンの妻が多かったから毎月の経費もばかにならない。手っ取りばやく自宅で弟子をとって教えるにしても、数人からはじまるのが普通だった。他の教場を開拓するのは各人の才覚だったが、時代の流れとともに、生け花の花嫁修業の一つとしての位置は薄れていた。もう花嫁修業という言葉さえ忘れられつつある。クラブ活動的に会社などの企業へ出稽古するにしても、ほとんど先輩のものや、他流派でしめられているとすれば、最後のちからをふりしぼってしがみついていた者も、千枝の感情的ゆさぶりで落ちて行く。――それだけでしかなかった――といわれれば、それだけのことである。各人の投じた年月とお金と、技術は深くしまわれ、止めた女たちは、すぐ収入に結びつくパートの仕事にでる者が多かった。

八重子はそんな女たちを何人も見送ってきた。それは自分が残って続けていたためである。趣味と実益をかねて入門したはじめの目論見にすこしは計算ちがいがあったが、千枝の近くで教えること自体が大きなマイナスを含んでいた。

――なにもないよりはいい――と思うが、千枝にたまに褒められたときとか、数人にでも娘たちに教えるという、以前の職業に近い育てる楽しみを感じるとき以外、落ちこんだ場合には、自分の選択に何度も溜息をついたものだった。それでも止められないのは八重子の気の弱さと弱さの中の強さであり、理由はどうであれ、続ける行動につながっていくのだった。千枝の領域を荒らさず、目立たずに動くというのが、蛇に見込まれた蛙のような者の知恵であった。

毎回活ける花により救われていたのかもしれなかった。千枝に褒められることはめったにないし、他と比べてみても平凡な花しか活けられない、自分の性格をよく反映したものだったが、鋏を手にすると自分の世界がしだいに現れてくるのは楽しみだった。

隣の人は、つつじ、後ろの人は菜の花と、各々が近づいてくる春を水盤の中に作ろうとしていた。八重子は、脇においた桜、都忘れ、そして束ねられた日陰蔓《ひかげかずら》を吟味していた。春の情景、基本形の応用として、左に桜を一木挿しにし、都忘れを五本低く点在させ、日陰は水盤の三分の二位に敷きつめ、水辺との接線を考える、昨夜本で調べてきた知識を思い浮かべていた。春の遠景、山深く……。

ふっと上げた視野に水沢千枝の姿が入ってきた。小雪のなか、寒さに追い立てられるように急ぎ足で、その着物すがたも一瞬のうちに消えた。そして、すぐ、

「あらあら、すいません遅くなって」

玄関のほうから大きく通る声がして、千枝が入ってくる。美樹と短い立ち話をしてから、千枝は大きな声とは対照的に、一人一人に繊細な鋭い視線を走らせながら、廊下の隅にある黒板に向かう。生徒は草がなびくようにお辞儀をする。千枝の歩みと共に、セットしたての匂いがこぼれ落ちる。

「じゃあ、これから研究会の花の説明をします」

緊張した雰囲気で物音ひとつしない。黒板の周りによった女たちはノートと鉛筆を持ち、身構える。

鼻の先が少し赤くなった千枝は、肩で息をすると続けた。

「来月は、春を活けます。季節を先取りするのが、日本の文化だということは、いつも言ってますね。寒い冬の後、耐え忍んだ植物が花開く情景を。では、はじめに初心者のAクラスから……」

(二)

一日三回の授業で、それぞれの回でクラス別に花材の活け方を小一時間かけて説明するのだった。もう数十年してきたことに疲れを感じるのは、年のせいなのだろうかと千枝は思う。支部長になってから嬉々として活動してきたことは心の中に残ってはいるが、なぜか遠いことのように思われる。もし、花を趣味として妻の部分で生きていたら、もっと気楽に生きられたのかもしれない、と生きなかった部分を千枝は考えてみる。本来の自分は女性として優しいところもあるはずなのに、夫が女の元へ走り去ったことにより、自分はこの華の道へ逃げてきた。

そして、たどりついた華道から逃げることはできない、自分を励まし励ましいつのまにか気の強い女になっていた。子供を持つのを拒んだのは千枝のほうだった。母親に愛された思い出の薄い千枝は子供の嫌いな女になっていた。夫が女に走ったのは、そんな寂しさを抱いたせいかもしれなかった。今まで何度も問い返した末の結論を千枝はとりだしてみる。

夫がなにも言わずに家を出たことに千枝は驚き、その時から夫と自分との距離の遠さを、まじまじと寂しさと共に味わっているのだった。いっしょに逃げた女はその当時内弟子として住み込んでいた娘だった。夫は女の故郷へ落ちていった。千枝が支部長になったとき、千枝はその女に対して生け花の道をとざすよう仕向けた。千枝の流派は全国規模だった。それが千枝の復讐だった。外山八重子をはじめ、幸せな奥様然としている弟子に、感情のままに当たり散らすのは、千枝の生きなかった部分を、見事に生きていることへの、自分に向けられた悲しみだった。悲しみをそのまま表すには、千枝は強くなりすぎていた。

夫と女とのその後は、風のたよりで千枝の耳に届いていた。なにげない風を装いながらも、千枝はしっかりとその情報を心にとどめていた。夫からの離婚に応じなかったのは、千枝の女としての最後の意地だった。気のいい夫が職場をやめ、北陸の小さな町へ都落ちまでしても貫き通そうとした女とのことを考えると、年月とともに千枝のどす黒い部分が弱まりはしていたが、何かの拍子に騒ぐのだった。華道の支部長として華やかに生きる妻、地方で若い女と地道に平凡に隠れるように暮らす夫。子供はできなかった。そんなところに、ひとりせせら笑う自分がいる。夫を待つつもりはなかった。再婚も考えなかった。華やかととられる自分の中に不幸を見、平凡とみられる夫の中に幸福を見続けてきた。女が交通事故で死んだ、ときいたのは二年前だった。

千枝の見方によれば、それは当然の罰となる。そしてまた、夫が一人で実家であるこの地に舞い戻ってきた、と聞いたのは一年ほど前のことだった。夫の消息が身近になってきた。

「どうだろうか、こんなことは言えた義理ではないが、もう一度いっしょに暮らすことを考えてくれないか」

実家をついだ夫の兄がやって来て、千枝に言ったのは昨年の夏のことだった。

「虫がいいことは充分わかっているつもりだ」

千枝の言葉を先回りしたように言う。

「千枝さんだって、一人でいることだし」

戸籍上では、千枝と夫は夫婦だった。意地を張って印を押さなかったことが機を失っていた。女が死んだことにより、千枝の心の中で何かが崩れていくような感じがした。夫と女が生活することにより、千枝の中でさまざまな感情が渦巻いていた。突然の女の死にふりあげた拳の下ろすところをなくした、そんな心境だった。心の底で不幸を願っていたはずだったのに。

黙している千枝に、夫の兄は年長者らしく、

「まあ、離婚していないわけだから」

離婚の書類に印を押すことを拒否した自分の意地が、夫を待つという形に逆転していることは何なのか、兄の声をききながら千枝は自分に問うていた。〈別れる〉とも、〈いっしょに暮らす〉とも答えられなかった。

千枝の沈黙を賛成と受けとったようだった。テンポよく夫と千枝のあいだを行き来し、春になり暖かくなったら一度いっしょに来るからと、兄はまとめたのだった。

襖を入れたとはいえ、がらんとした部屋は、昼間の活気の名残さえなかった。美樹は家を手伝うためあたふたと出て行った。一人残された千枝に、今日一日の疲労があらためて重く感じられた。

週二回の内稽古、その他の曜日は外稽古と慌ただしく日々が流れていた。日曜日も、研究会の採点、本部会議の出席と自分を追い立てるように生きてきた。

一日に最低一回、花材の活け方を説明するとき、千枝は花から誘われたように四季の話をしていた。夫に捨てられた女としての自分が、弟子である幸せそうな妻たちの前で、表面的

には支部長として千枝を遇しながらも、別の面でどのように自分を見ているか、千枝はよく知っているつもりだった。どのような理由であれ、夫の行動から受けた傷は深いものであった。夫の事後、千枝は人を信じることを止めた。信じることができない人間ほど淋しいものはない、ということはおいおいわかってきたが、止めることはできなかった。自分が決めたことだったから。そんな人間が支部長面することも、他人に四季を語る資格がないことも一番よく知っているのは、千枝自身だった。

もう十一時はまわっているようだった。雨戸を閉めるために窓辺に立つと、小雪は止み、月が冷たく輝いていた。

夫がもどってくる、ということに対して自分の気持の処理ができていなかった。日めくりをめくるように、今日が終われば明日が来る。そうしてめくりめくって、夏を送り、秋を迎え冬となっていた。

「耐え忍んだ冬の後、春がくれば」

毎日のように唱えていた自分の言葉が甦ってきた。そうすると自分の心の中の春に、夫のシルエットが浮んでくるようだった。季節の春は順序どおりにやってくるが、自分のこととなるとわからなかった。人を信じないと同じように、信じない者には春もやってこないかもしれなかった。夫との間を、淋しい者同士、縁ある者同士とみなし、自分の意地を捨てれば、なんとかやっていけるかもしれない、千枝は頭の中で考えていた。そうすれば自分にもまた別な人生が訪れてくるかもしれない。いろいろなものを捨てた所に、自分本来の優しさが現れるのかもしれなかった。一方で千枝はじっと自分の心の中の意地とプライドを凝視した。

雪解けの後、春がめぐってくるように自分の春は近くに感じられた。しかし、それもこれも気持の問題だった。まだ時間が必要だった。今まで、自分の頭と心の違いに何度悩まされたことか、千枝は呟いていた。

北の空

イサベラたちの一座が、東北地方のはずれのこの町で公演を始めてから三日が経っていた。見わたす風景の奥に高い山々が重なり、前の公演地の海辺の光景とはだいぶ違うものだった。寒々とした田には、稲の切り株が広がり、雀が寒そうに餌をさがしていた。夜になると、一座の明かりが闇を圧してともされ、名前を赤く染めぬいた幟《のぼり》が数本、強風にはためいていた。

今、舞台の上では一幕ものの芝居が終わり、唄と踊りとマジックのショーに移っていた。イサベラは舞台の袖で、出を待っていた。ピンクのサテンのドレス、肩のところには、わずかな身体の動きにも舞う羽根が、彼女をいっそう優雅にしていた。マジックといってもまだ習いたてだったから、舞台にあがる前から、彼女はもうどきどきしていた。たよりにする夫の秋川は照明の係をしているはずだったが、幕のはしから覗いても姿はなかった。代わりの男がいたからまた飲みに行ったのに違いなかった。音楽の長さからいっても、もう舞台の踊りは終わりそうだった。座長の娘といっても、まだ小学生だったが、髷《まげ》をのせ、花柄の着物を着てこぎれいに踊っている。おひねりも二つ、三つと舞台に投げ込まれていた。おじぎを可愛らしくすると下手にさがった。少しの空白のあと、テンポの速い曲が流れると、司会の男がイサベラを紹介する。

「はるばる遠い北の国からやってきた、イサベラ・あかね。今宵はみなさまに、世界のマジックをお見せします」

精いっぱいの笑顔を作ってイサベラが舞台にたった。金髪の長い髪、白い肌は興奮してすこしピンクがかっていた。山奥の深い湖を思わせる蒼い瞳もキラキラ輝いて、人びとの間から拍手がおきた。温かい拍手だった。しかしこの手品の下手なのは、イサベラ自身がよく知っていた。トランプを使う手品、花やロープを使う手品など、すべてが恥ずかしかった。失敗も愛敬のうちと、秋川はいうが、舞台の上のイサベラは冷や汗でびっしょりだった。客席には浅黒く日焼けした顔が並んでいる。

イサベラが日本に来て三年が経っていた。そして二ヵ月前にこの一座に入った。たくさんの照明のなかで、イサベラは心の中に浮かんだ景色を追っていた。それは遠い自分の国の空だった。降り続ける雪、いつ止むともなく降りつむなつかしい故郷。

《こんなはずではなかった、私はもっと別の夢を描き、望みを持って夫の国へ渡ったはずだった》

彼女には空白の時間と感じたが、手先は何とかこなして、イサベラは自分の持ち時間を終えた。楽屋に戻り汗をふくと、寒さが急に襲ってきた。楽屋裏では、白塗りの時代劇の衣装をつけた座員たちが、最後の大芝居の準備に大忙しだった。イサベラもすぐにその熱気に巻き込まれていった。


「おーい、ママ、もう一杯」

大声で叫んだのは秋川だった。イサベラの思ったとおり、秋川は仕事をほっぽらかして飲み屋にいた。旅興業の地で、すぐ秋川はなじみの酒場を作った。ここにもかよって三日目だった。


「あんたは、あの一座の人なのかね」

近くで飲んでいたのは、鼻の赤い小太りの男だった。

「だからどうしたんだ」

「そうあんたみたいに言ったら、後は何もいえないじゃないか」

二人は互いに酒好きなのを感じた。相手の男の目は赤く酒がにじんでいた。

「君、イサベラ・あかねを見てくれましたか」

秋川は訊いた。男の返事を待つまでもなく彼は話しはじめた。秋川の酒のペースは速かった。つい先週、座長からこのままでは辞めてもらうという話が出ていたのだった。その不安が彼の心の底にあった。相手は酔いの中でうなずきながらきいていた。カウンターの中で、ママがちょっと眉をひそめた。

「あいつは俺の女房なんですよ。とっても美人で人を疑うってことを知らない可愛い奴です。でもそれだけ多く傷ついているってことは、私がいちばん良く知っているんですがね。イサベラとの出会い、それは、私が二十代のときからお話ししなければならないんですが。

美術の学校を出てすぐに新人賞をもらいました。その時私は野望を持っていましたよ。名だたる絵描きになろう、それなら世界を見てやろうじゃないかと。そしてオートバイで世界をまわったのです。いろいろな国を巡りました。私が一番心を引かれたのは、ヨーロッパのはずれにある北の国でした。私はそこに落ち着いてアルバイトをしながら、一年の大半が雪に閉ざされるその国の風景を描いては日本に送り続けました。しかし、それはすべてボツになりました。ちょうど下宿をかわった時、私はあのイサベラに出会ったのです。刺繍が好きな可愛い娘でした。その母親は夫と別れて、女一人で下宿屋をしながら、イサベラを育てていました。

周りの男たちにはかたいガードをしていましたが、私とは気が合ったのかどうか、とてもよくしてくれました。『お前はいつかえらい画家になる』って言い続けてくれたんですがね。

でも、イサベラが今、舞台の上であんなことをしているなんて、そして私がこんなになっているなんて、知らないでしょうね。母親はもう死んでいるんです。何しろ、その当時私は、絵一筋にまじめに生きていたんです。私たちは母親の祝福のもとで結婚しました。送った作品がすべて賞に入らない、私はやはり日本へ帰らなければだめだと思いました。ようやく実現できたのはそれから一年たった頃です。

日本に帰ってよかったかどうか。それはわかりませんよ。なんだってひとつの面から計りきれるものではないんですから。まず頼ったのは実家でした。兄が継いでいました。でも、親の葬式にも出なかった奴に何が言えるかって訳で、そりゃ冷たいものでしたよ。故郷が俺を捨てたと思いましたが、実はそれより先に俺が故郷を捨てていたのかもしれない。でも、半年かそこら、イサベラと二人で我慢して世話になりました。どうしようもなかったんです。その後、転々としてようやくこの一座にもぐりこんだという訳です。もう絵どころの話ではなくなりました。いろいろあった末、画家のポーズは捨てることにしました。そこで何が残ったか」

秋川は飲めば飲むほど冴えてくる自分にあきれていた。初めて自分の過去を話したせいだろうか。いつもの酒は秋川を心地よくさせてくれたのに。

カウンターを拭きながら、ママが小さくあくびをした。

「私の中になにもありはしなかったんですよ。私がそこで見つけたのは、酒という友だちだったんです。あんただって酒の好きな同じ仲間だ。この気持はわかってくれるだろう。まわりから〈ひもだ〉〈のんべえだ〉といわれるほど気楽に生きられるものはありませんよ。ただ、かわいそうなのはイサベラだ。彼女はこの国にきて、頼れるのは俺ひとりだ。言葉も何もわからず、あいつはひとりぼっち。その上おれは当てにならないし。まあ運がなかったんですよ。でもイサベラはぐちひとつ言いません。あいつの眼の中に、俺への祈りがこめられているんです。俺はその光からも逃げたくて、また酒を飲むというめぐり合わせになるわけです。そりゃ、自分もまだ若いし、絵は少しの間休みだ、おれだって未来はあるのだ、と自分に向かっていうこともありますがね。ねえ、私のイサベラを見てやってくださいよ。あいつの微笑の裏には、たくさんの悲しみが隠されているんですよ。あんないいやつはいませんよ。世界じゅうどこをさがしたって……」

相手の男には、秋川のいう未来もなにもなかった。その前に眠り込んでいたから。秋川は時計を見た。もうそろそろ芝居が終わる頃だった。

「ありがとうございました！　ありがとうございました！」

太鼓の音と共に、一座の全員が口々に、時代劇の衣装のまま、小屋の出口に立っていた。

ピンクのドレス姿のイサベラもかたことの日本語で、また日本流におじぎをして、客のひとりひとりに挨拶していた。あの秋川のいう笑顔をもって。客は夜の町へ寒そうに散っていった。一座のスターと一緒に写真をとったり、握手をしたり、にぎやかさもひと時だった。風が少し吹いていた。最後の客を見送ると、夜の深さを感じるのだった。

『寒い』、イサベラは寒さをふりおとすかのように身震いした。そのとき、イサベラの手や肩に小さな雪が気まぐれのように降ってきた。思わずイサベラは掌《てのひら》を出して、雪をうけとめる。今年はじめて見る雪だった。それは彼女と故郷をつなぐものだった。

「初雪だな」

となりに立っていたチョンマゲ姿の男が言った。暗闇の中、光の輪の中で静かに雪が舞っていた。雪片のいくつかがライトの光でキラ、キラ、輝いた。座員たちが楽屋に入っても、イサベラは降りしきる雪を見つづけていた。はりついた笑顔、眼に涙がもりあがって。

きまぐれ天使（シカゴ）

アタシ、シカゴの街を上を向いて歩いていた。別に、涙が流れないようにって、歌の世界ではないのよ。心の中ではくさっていたのは、タシカ。三度目のホテルを見つけなくちゃいけないんだから。アタシの目にうつる光景、人通りの少ない寂しそうな街が、もっとガランとしているように思える。あ～あ、アタシひとりだわ！　っていったって、一人旅なのよね。空港で紹介された初めのホテルは一万円、高かった。いつも安いのが一番といっているからねばったのに、ここしかないって言い張られて。夜だったから、気にそまなかったけどしょうがなかった。自分で見つけた次のホテルは、半分の値段のTホテル。隣の部屋は修理中、でも朝、職人のテノールの歌声が聴こえてきて、ラッキーだったのに、団体が来るから連泊できないっていわれて。

外壁を修理しているホテルにきいても、値段は高いし、あとたった二晩なのに。もう永久に泊まるところが見つからないかもしれない、最悪の状態を浮かべたら、

『アタシって何してんだろう、シカゴで』っておもっちゃう。

落ちこむとどうしようもなくなる、そのときよ、きまぐれ天使の声が聞こえてきたの。

《それもこれも誰が決めたことではない、祐子、あんた自身が決めたことじゃないの》

『そりゃ、そうなんだけど』

《落ちこむのは、一時でしょう。あんたはそれが終わるとあとはいつも、ラ、ラ、ラでしょう》

『………』

アタシ、重い気持をひきずって歩いていたら、いつのまにか、ランチを食べにいった、ジャパニーズレストラン「マツリ」の前に来ていた。

「高いホテルより、安いホテルのほうがたくさん、ストーリーがあるって事なのネ」アタシの心の中でこの呟きがキラキラ光っていた。きまぐれ天使のマジックだわ。

『そのレストランの隣には、アサクサホテルという古びた看板がかかっていたの』

ホテルの一角がレストランになっていたのだった。

薄暗いロビーの奥には、このホテルといっしょに古びたような男が座っていた。昔風のレジスター、後ろに積み上げた書類のような物も黄ばんんで、アタシは一瞬何十年か前のシカゴに迷い込んでしまったように感じた。

『値段は三十ドルならまあまあだと思ったの』

明日来るからって、予約してたら、若い女の子と会った。

日本人だった。

「どう、このホテルは？」

「安いからきたないのはしょうがないけど、エレベーターの中に変なおじさんがいるの」

彼女は午前中だけ、荷物を預かってもらうために、フロントにかけあうつもりだといった。

日本の若者たちが、ガイドブック片手に、地球のあらゆる所を安く一人旅している。それはほんとよ。だって若者自身もおどろいてそういっていたから。彼らからアタシも情報をもらっている。ここでもそうだった。アタシ、ホテルを出てから歩きながら、あの娘がいっていた、へんなおじさん、ということばにひっかかっていた。へんなおじさん、変なおじさんってなんだろう？　アタシ、ワクワクしてきた、おもしろそうじゃない？


『いたわよ、エレベーターの中に』

アタシ、すぐ自分でストーリーをつくるたちだから、そうか暇だから、こういうところにいるんだな、それにしても運動不足になるよね、一日じゅう狭いところにいたら。

シャツの後ろがズボンからはみだしている、ひげもじゃの男を見ながら思った。いつも同じ服を着ているかもね。

男は何階かってきいたから、「十五階」と答えた。エレベーターの中には、映画の中の酒場でよくみかける高い丸いすが一脚、この人の休息用らしい。アタシが手を伸ばしてやっとのところに、階数をしめす黒ずんだ鉄製の古いボタンがあった。

『それがこわれていたのよ！　女の子が言っていた変な人って、エレベーターおじさんだったた』

機械の代わりに人がいる、しょうがないんだろうけど、ある意味では豪華になるわけ。使われていない階もあるらしく、×印で封鎖している階もいくつか通過して、十五階に着くと男はハンドルについている取っ手をまわして、ドアを開けてくれた。

部屋にはいると薄暗い室内の中央にはダブルベッドが置かれていた。窓際にあるテレビはうつらなかったし、ベッドと壁の間には小さな蜘蛛の巣がはっていた。洗面所の下には、とっても小さな蟻が行列を作って歩いていた。でも怒ってはいけない、ここまで上がってくる蟻も蟻だけど、向こうにしてみれば、アタシは新参者になるわけだもの。

その夜、少し暑かったから窓際にビニール製のイスをひっぱってきて、涼みましょうと思ったの。蟻と蜘蛛、そうしたらアタシの想像だと、次はベッドのダニになるから、ベッドでは寝ないことにしたの。このすべすべしたイスだけがとうめん信頼できるものだった。

窓から顔をだしたアタシを、夜風とともに待っていたのは、絢爛《けんらん》たる夜景だった。百八十度の視野に、暗く蒼い空が光を秘めていっぱい広がっていた。

景色の中心には八十数階のマンションのテラスが、ガラクタをこぼしたようにこちらに向いて開かれていた。いくつかのビルの屋上には、安全灯が、ポツン、ポツンと赤く点滅している。昨夜泊まっていたTホテルが、頭抜けて高いそのマンションの裾のほうに、横顔を見せていた。はるか右手奥にへんぽんとひるがえる二本の旗は、湖ぞいの建物だろうか。下をのぞくとオレンジ色の街灯が輝き、街をいっそう派手やかにしていた。昼間見る静かな街はどこにいったのか。これこそがシカゴだと、夜景は語っているようだった。しかし、どちらもアタシが見たシカゴだった。涼風とともに街の喧騒《けんそう》があがってきた。時たま夜空のどこかから降ってくるような、急を知らせるサイレンの響き。アタシ、腕が広がるならその夜景を全部抱きしめたかった。

うっとりとアタシはこの景色に見入っていた。いくらみていても、見あきなかった。向かいのビルの二階の窓は鏡になっていた。車のライトが流れる光の模様をつくっていた。ダックスフントのような黒く長いリムジンが、交差点いっぱいに曲がっていった。

この光景のどこかのホテルでは、前に出会った女が働いているはずだった。アタシ、心に残るシーンをいくつか思い浮かべていた。

人との出会いにより訪れた街が身近になる。それがアタシ流のひとり旅だった。「偶然」というキーが必要だったけれど。

その女の人がアタシの心にするりと入ってきたのは、夕方の一歩手前の時間だった。川沿いのチャイニーズレストラン。「ここあいてますか？」上手な日本語できいてきて、続けて「日本の方ですか？」と尋ねた。半袖のポロシャツ、小柄でショートヘアー、赤いキャップがいっそう彼女をボーイッシュに見せていた。彫りの深い顔だち、浅黒い肌の色など、あきらかに東南アジアの人らしかった。

日本でアメリカ人のメイドをしていたから、日本語ができること。生まれは香港。ここシカゴへは叔母さんに誘われて来たこと。学校に行っている小さな息子と生活している、ここで暮らして六年になるが、故郷の香港へはまだ一度も帰っていない。彼女アタシに話したかったんだろうな、ホテルの仕事は夜勤だけど、悪い仕事じゃないっていってた。名前も住む場所も知らない、行きずりの人。

「日本のどこから来たんですか？」「そう埼玉からですか、私は横浜にいました」そのあと、沈黙があった。彼女の思い出の中に、なにが浮かんだのか。いつも仕事へ行く前にここで食事をとるという。「そう、わたしはずっと働きづめでした、日本から、シカゴへ」

彼女の大切な子供もこの光景のどこかで、母のいない夜をすごしているはずだった。

『傑作だったのはね』

『アタシが英語でジョークを言ったなんて信じられる？』

アタシ早めに夕食を取りましょうって思って、食べる所をさがしていたら、広場を見つけた。建物を背にして三方が通りに面していて、鉄製のパラソルの下には同じ材質のテーブルと数脚のイスが置かれていた。だいたい八ヵ所ぐらいだったかしら。たくさんの荷物を傍らに置き、太ったホームレスが、通りに面した一等席に座っていた。顔を埋めていたから寝ていたんでしょう、たぶん。彼を刺激しないように、一番遠くに座った。少しはなれた隣には、若者が座っていた。その人はカメラをテーブルに置いて持ってきた紙袋から何かをだして食べはじめた。さあ、アタシも食べましょうって、昼の残りの焼きそばをだしたの。だいたいこちらの量は多いから、残った分を包んでもらって、二回に分けて食べるって話はしたかしら。さてと、ビニール袋をとりだしたら、あら箸がないじゃないの。困った、七つ道具はホテルにおいてきちゃったし。ええ、しょうがない、親からもらったこの二本の指で食べよう、アタシ、隣の男にみられないようにナップザックをテーブルにおいて、その陰で食べはじめた。もしあの寝ているホームレスが、このアタシの食べ方を見ていたら、なんてお行儀の悪いっていうだろうなって思いながら。いくら少し離れていてもやはり隣の男の人は気になるわ、だから食べ終わったらほっとして、なにか大きい仕事を終えたような気持になったの。その緊張感がアタシの中の何かに作用したみたい。あの男はアタシの中では悪い男になっていた。彼が飲んでいた白い粉、麻薬かもしれない、ああいう人とはなるべく近づかないようにしましょうって、心で呟いていたとき、まるでアタシの心を見透かしたように、男がアタシに声をかけてきた。「今、ジャズフェスティバルが開かれているのを知っているか」って。アタシの心は恐怖心で凍りついた。だから、かかわらないように、急いで首を横にふった。

そんなこと知らない、行き当たりばったりの旅だから、ってそんなこと男に言う必要がないから、自分の中でいったんだけど。アタシつれない態度しているはずなんだけど、男はプログラムをバッグからとりだして、場所はここから近く、湖のそばだから行ってみてごらんというの。アタシ自慢じゃないけれど、今どこにいるかもはっきりしない、ただホテルの場所だけ頭に入れとけばいいいって思ういつもの状態なのよ。でもあまり熱心に勧めるから、これはてっきり切符を買わせるつもりかと、アタシ身構えたの。凍りついた心が少しゆるんできたのは確か。男は今度はちゃちな景品のようなもの、試供品や周りにビラビラしたビニールの飾りがついたうちわなどとりだして、入場料はいらないし、会場ではこれをくれるんだ、といった。アタシ、でも半信半疑だった。そしたら自分で買ったというプログラムまでアタシにくれたの、そして行ってごらん、おもしろいからって。

それで、行ってみたわよ。彼の熱意に負けたというか、別に決まったスケジュールもないから。歩いて歩いて、湖の近くの公園まで。アタシ歩きながら、分析していた。若い彼にしたら、おや、となりに外国人が座ったな、アタシはそこではれっきとした外国人になるわけ、あれあれ指を使って食べはじめた、いくら隠していても見られていたと思う。おのぼりさんだからと思ったかどうかしらないけれど、親切にも教えてあげようと思ったのかしら。彼には感謝しなくちゃね、なんせ二晩も続けて通ったんだから。

野外ステージではジャズシンガーたちが、いれかわり歌っていた。折りたたみのイスが芝生のところに何百とおかれ、みんなリラックスしていた。アタシ集った人たちを見るほうがおもしろかった。イス席の外側では、人びとが芝生の上で思い思いの形で楽しんでいた。チェアーを持ちこみ、大型犬をはべらせている夫婦、シートをひろげて大声で、なにやら話しているグループ、一番よかったのは、缶にいれた手作りのローソクを、ぐるりと自分の周りに置いた女の人、広場の端にある木の下だった。彼女なりのパフォーマンス。

別の区画で、アタシは教えてくれた男が持っていたと同じビラビラのついたうちわ、それから香水の試供品などもらった。ある一画で、煙草のアンケートをしていた。質問事項のなかに、どんな煙草を吸っているのかというのがあって、景品につられて、アタシ答えたの。「いつも吸うのは、サムタイムよ」って。金髪のアルバイトの女子学生が、また同じ質問をくりかえすわけ。どうしてわからないのかしら、って思いながら、あたしもサムタイムって同じ答えをくりかえした。これはどうもアタシの英語に不信感をもったみたい。これでも発音はいいって、外国人に言われているアタシなのによ。向こうから見れば、アタシは英語圏外のアジアから来た外国人だから、煙草の銘柄を訊いているのに、「サムタイム」、日本語でいう「時々」って答えているから、なんてトンチンカンなことをいってるんだろうと思ったのね。アタシはアタシで、サムタイムってカタカナで書いてあるから、外国の煙草だと思っているから、なんで通じないんだろう、ってこっちも思っているわけ。あーもしかしたら、アメリカの煙草じゃないかもしれない、かたかなイコールアメリカというパターンがアタシにはあるかもしれない、と気づいて「煙草の名前が、サムタイムよ」っていって、思わずわたしたちはじけたように笑っちゃった。たくまずしてジョークになったワ。その時景品にもらった赤と黒のライター、とても役に立ってるの。たいまいはたいて、お土産に財布を買ったけど、お札のサイズが違うとかでしまわれたままだけど、ただでもらったライターのほうが大活躍なんだから。どこでどうなるのか、わからない、それが人生よね。

薄汚い場所に身を置いて、最高のゴールデンの夜景を見る。自分の位置ときらめく視野とのギャップがおもしろかった。そうなの、打ち捨てられた物の中に宝物をみつけだす、それがアタシの生き方の一つかもしれない。それにしても素敵な景色。このアサクサホテルの初代のオーナーは先見の明をもってロケーションをここにしたのね。下の街灯きらめくあでやかな通りでは、またダックスフントのような長いリムジンが、角で少し止まったあと交差点いっぱいに曲がろうとしている。もう数回見ているから、この車を顕示するために夜の街を回っているのだろうか。時間がたっても車の数はへることもなく、にぎやかさもかわることはなかった。

前に泊まったあのTホテルでは、今晩も同じメンバーが集って飲んでいるだろうか。アタシは一度だけ入ったバーの情景をおもいだしていた。受付にいく通路の左側にあり小さな階段を三段あがったところだった。入口は二ヵ所あり、道路に面した入口からは誰でも入れるようになっていた。

L字型のカウンターの止まり木に数人の男たちが、静かに酒を飲んでいた。日本ではやっているような居酒屋パターンではなかった。日本では高級なバーの雰囲気なのかしら、詳しく知らないアタシはそう思った。カウンターの中では、チョッキを着たバーテンダーが、客と静かな会話をしていた。アタシは缶ビールを頼んだ。右隣には、腰が曲がって鼻のとがったおじいさんが飲んでいた。男たちの中で女はアタシひとりだから、なんとなく浮いた感じで、そのおじいさんと話したんだけど、よく意味がわからなかった。ときどきここで飲むのが楽しみだ、ということがわかっただけ。三人おいた先に、黒人の若者が座っていて、目をひいた。去年ニューヨークのブロードウェイのミュージカルを観にいったとき、隣に座っている礼儀正しい男の人以外、黒人の姿はなかったことをアタシは思い出していた。

《黒人が気になるんだ》きまぐれ天使がいった。

『あたり前じゃない、差別の根源ヨ。きまぐれ天使、あなただっていつも言ってるじゃないの。争いのない平和な世界を望んでいるって』

——でも、いつもアタシ、黒人の姿を追っているわけではないのよ。ある人は、黒人、黒人ってアタシがいうこと自体が、差別だ、っていうけど、くつろいでるときに、ふと、みんなはどうかな？　ってながめていると、アタシついほろりと感想が出てくる。もっとも、日本で観光にきていたアメリカの黒人の女の人と友だちになったことも関係するかもしれない。でも、長い間差別され続けてきた人たちの、現実をチェックする人がいてもいいじゃない？

常々アタシ思うんだけど、そして、人に語っていることなんだけど、死ぬ時期をきめられないように、生まれる場所や、日時を自分では決められないじゃないの。だから、もしアタシがアメリカで彼らの立場に生まれたら、どうなるかって思うの。

アタシから見れば、アメリカの銃の問題だって、底には以前からの人種差別の問題が根をはってる、と思う。差別をした結果、時代の流れと共に、差別をした側が、自分の身を守らなければならなくなった。だから、現代では銃を持つ意味が、はっきりとふたつに分かれた。白人にとっては、保身のために、黒人にとっては、攻撃のため。彼らにとっては失うものは何もない。そして、最近では銃は社会全体に蔓延している。アタシある会で、日本は黒人差別とは関係ないから、みんなで仲良くしましょう、というアピールを日本発でしたら、いいんじゃないかしらって、提案したら、そんな大きな問題を、安易にいってはいけません、って優等生タイプの元大学教授にいわれてしまったけど、みんなはどう思うかしら？

ビールを半分くらい飲んでいたとき、金髪の女性がよろめきながらはいって来て、アタシの隣に座った。ぐでんぐでんに酔っぱらっている。カウンターに突っ伏して何かいって、酒を頼んだ。よく来る客らしくバーテンダーのあしらいもなれたものだった。あとから、身体つきのがっしりした男が入ってきた。それからよ、修羅場が始まったのは。

男の顔には怒りの色が表れていた。はじめはなんて男だろうって、思ったけれど、きれぎれの会話をつなげて想像するに、飲んだくれの妻を持つ夫らしい。アタシうまくいえないけれど、その夫がアタシを巻き込もうとしてきた気配を感じて、アタシは毅然としてノーといったんだけど。夫婦のいい合いの喧嘩、そこにいた全員はきまずそうにグラスを傾けていた。

こういう時って、身を低くして、時間がたつのを待つしかないのよね。「奥さんを早く家に連れて帰ったほうがいい」というバーテンのアドバイスで二人が出て行ったとき、その場の雰囲気がほっとしたのは、たしかだったわ。アタシがもう部屋にもどろうとしたとき、あの黒人が飲み終えた缶ビールを逆さにして、残った滴を掌《てのひら》に受けて飲んだの。ちょっと無作法だな、彼が息子だったら、注意するなって思った。

でも、このシカゴで、冷静に見ていたアタシが、ニューヨークの寿司屋では、黒人の友だちといっしょにみられる側になり、明らかな人種差別を味わうなんて、このときは知らないことだった。

ホント、深夜になっても、街はうごめき、大都会シカゴは眠らなかったわ。

川へ

一

ベナレスへ着いたのは早朝だった。

光をひめた暗い空が広がり、駅舎は黒いシルエットになりそびえていた。

駅前広場には、降りたった人、迎えに出た人などが、ざわめきの人声などと一緒に、黒いかたまりとなってうごめいていた。

信子はこの光景の中に切りとられたように佇《たたず》んでいた。

なぜ、インドへ行くの？　と友だちにきかれて、「川が呼んでいるのよ」と笑いながら答えた自分がいたのに、目指すガンジス川はどちらの方角か、状況を判断するにも闇の中だった。

すぐに信子をめがけて白いシャツに短パンの男たちが群がってきた。うるさく、しつこい。細かい言葉は聞き取れなかったが、「ホテル、ホテル」という単語だけはわかる。ホテルと契約した男たちなのだろう。五月の蠅とかいて「うるさい」と読むが、今ここインドは三月だった。追っても追ってもつきまとう、日本では考えられないしつこさだった。この洗礼はニューデリーの駅で充分受けていた、と信子は数時間前を思いだす。

あの駅で列車のチケットを買うために表示を見る信子に、ひっきりなしに男たちが声をかけてきた。「いい案内所がある」場所を聞くと、徒歩で五分のところだという。駅外で安いはずがない、信子は無視した。

やはり、ガイドブックに書いてあったように、切符売り場を探すのは難しかった。まさか、売り場の人に聞いてもわからない、とは予想外だった。「ベナレス行きの切符売り場」を聞くと、ナンバーエイトだといわれ、八番窓口を探すとそこは、ゴミだらけで封鎖されていた。だから、信子はまた駅の中を探し回る。そうするとまた、五月の蠅状態になるのだった。それは、ノーと言えない日本人をターゲットにしているのか、または、信子のような女一人旅をターゲットにしているのか、わからなかった。が、とうとう信子は怒って叫んだ。「うるさい！　静かにして！　考える暇もないじゃないの！　ほっといてよ！」こんなに怒ったのは生まれて五十年来、初めてだと、自分でもあきれながら。ところが、そんなことで引き下がる蠅たちじゃなかった。『どうしたらいいだろう』とまどいながら、あたりを見回す信子の目に入ったのが、座りこんで列車をまつサリー姿の女性たちだった。信子はその中にもぐりこんだ。そして、彼らを追い払ってくれるようにジェスチャーで伝えた。彼女たちは、微笑みながら追い出してくれた。きりきり舞いする信子、彼女らにとってはゲームにしかすぎないのかもしれない。結局、外国人用の切符売り場は、建物の端の階段を上がって二階にあったのだった。

薄闇の中、ホテル、ホテルと騒ぐこの一団にうんざりしながら信子は歩き始めた。これもインドだわ、と呟いていた。なにか用事があるようにしっかりした歩き方で離れた。それも信子の経験の一つだった。少し行ってから、今度は、こちらから相手を選ぶのだった。インスピレーションで決めた。その中の痩せた小柄な男に、いわれた金を少し値切って渡し「川へ」と信子は言った。ホテルも予約せず、自分でみつけるのが、信子流の旅だった。たまり場から、彼の乗るオートリキシャが来た。インドでよく見られる三輪タクシーと呼ばれるものだった。

早朝の空気を切りながら、オートリキシャはフルスピードでがたごと道を走っている。信子は躰を揺すられながら、ようやく手探りでみつけた金具をしっかりつかみ、この初めて訪れた町を見ていた。

駅前には小さな屋台が、並んでいた。動く光景に、店内にあるちっちゃな裸電球の光が、屋台の数だけ、ピカッ、ピカッと鋭く光って流れる。屋台の中はまだ夜だった。何人かの客が黒いシルエットとなって立っていた。信子はその光の短い連なりを追っていた。信子の心に刻みつけられたその光はすぐ途切れ、木、家などが影絵となり、人の姿も見えない眠っている町の風景が、風と共に流れ去っていく。

どのくらい走ったか、広い道から細い路地に入り、いくつも角を曲がり、と、あるところで信子は放り出された。低い石の家が並ぶ、川の姿も見えない路地裏だった。見上げると並んだ屋根の向こうから、赤く熱したような太陽が昇り始めていた。

陽を見上げながらあてずっぽうに歩いていったら、中央に大きな川が見えた。それがガンジス川だった。まるで眠っているようにゆったりと流れていた。熱したような陽は色を失い、輝きに替わっていた。そこにあるすべてが、白っぽい風景の中にあった。

広い敷石の上を歩いていくと、出会ったのは意外にも日本人の若いカップルだった。

「ぼくたち同じところに泊まっていて、朝の散歩に来たのです」

背の高い男は北海道の大学を出て、卒業旅行だといった。薄緑のドレスを着た、色の白い小柄な女性は何も言わず、微笑んでいた。

海と見違えるような広いガンジス川、早朝だから周りにいる人は、数えるほどしかいなかった。

「私、川沿いのホテルに泊まりたいの」

「僕たちのところは、空いているけど、ここから少し歩くからな」

「私たち暇ですから、ご一緒してもいいですよ」

こうして三人は川沿いのホテルを、訊いて回った。が、どこも満室だった。

「じゃ、ちょっと川から遠くなりますが」と二人が案内してくれた彼らのドミトリーは、山ぎわにあり、ゴールデンテンプルという寺のそばにあった。四階建てで、入り口には、温泉宿の風呂場の入り口でよく見かけるような大きな布の暖簾《のれん》がかけられていた。

受付でお金を払った。一階はたまり場になっているようで、テーブルと椅子が何組か置かれ、めくれ上がった本などがちらばっていた。女性が先に狭い石の階段を二階に上がり、ついていくと、ドアのない暗い大きな部屋が目についた。窓がない場所にぎっしり八台のベッドが並べられていた。

「この部屋、電気がないんですか？」

「ええ」と彼女は持っていた小ぶりな懐中電灯をつけて、真ん中の信子のベッドの位置を教えてくれた。

「それ、必需品ですね」

彼女は返事のかわりに微笑んだ。

「こちらは長いのですか？」

「半年ぐらいです」

「いつも何をしているの？」

「シタールを習ってます」

「シタールって？」

「こっちの楽器です」

「関西の方ですか？」

言葉のアクセントを聞いて信子は尋ねた。

「ええ、大阪です」

都会の中にいたら、折れそうなかよわさを感じる女性だった。

ここが彼女の居場所なのだろう。

初めて会った人を質問攻めにするのが癖の自分に気づいて、

「私は埼玉から来たの。あなたと違ってたった四泊しかできないんです」

彼女は目で、そうですかと、答えた。

「アルバイトで新聞を配達しているから、休みは長くとれないの」

インドについて、好きになる人と、嫌いになる人と二通りに分かれるといわれるが、彼女はインドにはまったのだろう、信子が海外旅行にはまったのと同じように。

ここには定年退職した男の人も滞在していて、いつも川に行って写真を撮ってます、と彼女は言った。

荷物を置くとすぐに、信子はガンジス川へ向かった。受付の男が教えてくれたように、暖簾《のれん》から出て左に行った。ゴールデンテンプルの門を通ると、そこには参詣者のための金色のまじったはでやかな土産物屋が並んでいた。そこを曲がりくねり、適当に左へ行くと、川につきあたった。

日中の川は、人々でごったがえしていた。巡礼の一団が川へ向かって歩いていくと、その傍らには物乞いをする何人かが列をつくって並んでいる。三歳くらいのキューピーのような女児もはじにいた。

川には手漕ぎボートがいりまじり、その間を水面すれすれに十数人を乗せた観光船がフルスピードでかけ抜ける。

ガートと言われる沐浴するための階段では、沐浴する人たち、家族で、集団で、そして一人でと、さまざまな形でこの時をすごしている。左手に見える炎は火葬場だった。右側の川沿いには尖った屋根にマッチ箱のような小窓がある、まるでおとぎ話に出てくるような建物がいくつも川にむけて建てられていた。上流に向かって歩けば、大きな日傘が並ぶ絵葉書でよく見るメインガートといわれる中心地に行くようだった。

郵便はがき

料金受取人払

諏訪支店承認

1

差出有効期間
令和　3年10月
20日まで有効

3 9 2 - 8 7 9 0

〔受取人〕

長野県諏訪市四賀229-1

鳥影社編集室

愛読者係　行

ご住所　〒□□□-□□□□	
(フリガナ) お名前	
お電話番号 (　　　)　　　-	
ご職業・勤務先・学校名	
eメールアドレス	
お買い上げになった書店名	

鳥影社愛読者カード

このカードは出版の参考にさせていただきますので、皆様のご意見・ご感想をお聞かせください。

書名	

① 本書を何でお知りになりましたか？

ⅰ. 書店で
ⅱ. 広告で（　　　　　　　）
ⅲ. 書評で（　　　　　　　）
ⅳ. 人にすすめられて
ｖ. ＤＭで
ⅵ. その他（　　　　　　　）

② 本書・著者へご意見・感想などお聞かせ下さい。

③ 最近読んで、よかったと思う本を教えてください。

④ 現在、どんな作家に興味をおもちですか？

⑤ 現在、ご購読されている新聞・雑誌名

⑥ 今後、どのような本をお読みになりたいですか？

◇購入申込書◇

書名　　　　　¥　　　　（　　）部
書名　　　　　¥　　　　（　　）部
書名　　　　　¥　　　　（　　）部

ガンジス川に向かい、ガートの階段の一番上に信子は座る。対岸にはなにもなく色彩のない枯野が地平線まで続く。空には雲間からベールのような柔らかい日差しがふりそそいでいた。

川はすべてを呑みこんでゆったりと流れていた。川風が汗ばむ信子をやさしく包んで吹きぬける。

《お母さん、私は、とうとうインドまで来ました。あなたの年はとっくに越えてしまった。あなたは多摩川へ死ぬために向かったけれど、わたしはあなたへの思いを追って生きてきた。自分の区切りをつけるために来たのです》

二

誰かに呼ばれたように、あなたは起きあがる。夕暮れの一歩手前のまだ明るさが残っている時間。また、眠れない夜が来る、毎晩繰り返す不安。結核という病が絶望を伴い、不眠の夜を作りだす。陽のささない薄暗い部屋。かすかに浮かぶ石膏で形作られたベッドは寝棺《ねかん》のようだった。いくら寝ていたって治る見込みはなかった。心の葛藤に疲れ果てていた。

誰も呼びはしなかった。生への決別を決めたとき、あなたは立ち上がる。そして桐ダンスから一番のよそいきを取り出す。

ちらついていた死への恐怖が少しまぎれる。

今日は一人娘の小学校の卒業式の日だった。今日までは生きていようと思った。娘が一つのピリオドを打ったように、自分も最後のピリオドを打つ。入院も許されず、自分をだまし生きることは、もうたくさんだった。温泉ばかり行ったって治りっこない。金の南京虫の腕時計は置いてゆく。時のない世界へ行くのだから。娘への形見になるはずだ。病気でただ寝ているだけの自分。何もしてあげられなかった。迷惑ばかりかけて……。私さえいなければ……。新しい白い足袋のこはぜをかけながら、ふっと涙がもりあがる。

卒業式から戻った娘は、卒業証書を見せると、昼食もそこそこに友だちの家へ遊びに行った。あの笑顔、あのしぐさ、思ったとおりいいお土産になりました。

帯をしめ終えると、外出姿のあなたができあがる。鏡で念入りに最後の点検をする。病人らしく見えないか、死にゆく気配が漂ってはいないか。

棟続きの食料品店のにぎわいも母屋のここまでは届いてこない。父、母、夫、そして手伝いの住み込みの娘二人。これから忙しくなる時間だ。家族への思いは、あなたの心の中で切り捨てられる。

いつの間にか心の片隅に浮かび上がった川が、懐かしさをひめてあなたの心いっぱいに広がる。鏡の中の自分はいつもの顔、確認を終えると口紅を少し強めに引く。

忘れ物はないだろうか。一足早く夕闇が忍び込んだ部屋を見渡す。あなたの心の中の川は、ひたひたと、まるで誘うようなリズムをつくっている。あなたはせかされるように、絹ずれの音を残しながら部屋を出て、川へ向かう。

駒下駄を履く。


約束の時間よりも少し早めに信子は着いた。叔母はまだ来てなかった。

「そう、お父さんから聞きなすったの」

電話の向こうから聞こえてくる叔母の声は、いつもと同じ柔らかな調子だった。――本当のことを言っても、お前は死なないだろうから――父が信子に真実を告げたのは、信子が結婚して二人の子供を持ってからだった。その時、信子は子供のようにワッと声をあげて泣いた。

遺体となった母の最期の対面を止めたのも、母の死を病院での病死と偽ったのも、信子の周りの大人たちのはからいだった、という。

『どうして死んだんだろう』

母の死が病死から入水自殺になっても、信子の心の片隅には、この問いが常に横たわっていた。《死》というより、なぜか突然母はいなくなった、という驚きのほうが強く、私という子供がありながら、そんなはずはない、そんな裏切りをするはずは……と思いながらも、人々がそれを死と呼ぶなら、そして当然ながら、母が一向に姿を現してくれないのだから……。

母の遺骨を胸に抱いて渋谷の駅まで持ってきたのは、叔母だった。たった二人の姉妹だった。本家と分家に分かれているが、両家とも婿をとって家を継いでいた。

叔母と会う日を、母の祥月命日、場所を、川のそばの駅と決めたのは信子だった。母の自殺を告げられてから七年、信子は三十二歳になっていた。

『こんな形でこの駅へ来るとは思わなかった』

信子は多摩川園、と書かれたプラットホームに、はぐらかされた気持で立った。明るい日差しは春を伝えていたが、風は肌寒かった。電車の窓から見えたなつかしい遊園地はなくなっていた。駅も人影の少ない田舎の駅になっていた。

信子の実家はここから渋谷駅寄りの、学芸大学駅にあった。信子の思い出の中で、この遊園地は楽しい心はずむ場所だった。子供たちを誘うように音楽が流れ、メリーゴーラウンド、観覧車がまわる。改札口を出るのももどかしく、線路の下にあるトンネルを抜ける。そのわくわくした感覚は信子の中に今も記憶として薄く残っている。

土の代わりにコンクリートが打たれ、四面のテニスコートが置かれていた。その周りには同じ表情の三階建ての建物がきっちりとはめこまれていた。

柔らかな土の上を身体をはずませて動きまわった日々。世の中の重さも、生きる意味も、苦しさの存在すら思わなかった日々。

グレーの彩色と直線のみが信子の前にひろがっている。つきはなされた思いでとまどって、信子は佇《たたず》んでいた。

この駅を中心として、叔母は東京のはずれの福生から、信子は東京を横切るかたちで、埼玉からと、正反対の位置から出会うのだった。

電車から降りたつ客は少なく、信子は改札口で叔母を待つことにした。

木造の駅舎は赤い屋根の洋風に変わっていた。駅前通りには川へ遊びに来る人のためか、土産物屋、釣り道具屋などの店が並ぶ。子供の時の信子の思いはただ遊園地だけだった。初めてみる光景だった。

遊園地へのトンネルは残されていた。両側に丸みのある大きな石が置かれ、中はまるで洞窟のようだった。壊すこともできず取り残されたのだろう。白いテニスウェア姿の男女が往来するのだろうか。信子はホームから見た人気のないコートを思いだした。「御用のない方の出入り禁止」小さな立札にはこんな文字が読みとれた。

時計は約束の時間を示していた。信子は上り電車の降りる人の中から叔母を探していた。

小さな人の流れは、改札口で一列になり、ポツン、ポツンと散っていく。そんな流れを信子は何回見ただろうか。

人々の中から叔母の姿はすぐ見分けがついた。体をくの字に曲げ、亀のように立てた頭は一段低い位置で動いていた。腰の曲がった叔母を信子は知っていたはずだった。竹林を背景にした山の裾に住む叔母に会うのはいつも間近だった。——またいっそう腰が曲がったのだろうか——叔母の姿を人々との対比で考えたことはなかった。信子は異様と感じた自分にうろたえた。

詐欺にかかり、借金を負った祖父母が母を連れて上京してから、農家としての本家を守ってきたのは叔母だった。ぶらさげているバッグからは、今朝庭先で摘んできた花々が顔を覗かせ、大股で歩く叔母の歩みと一緒に大きく揺れている。

叔母は型通りのあいさつの後、だいぶ待ったかといつもの調子で問い、信子は首をちいさく横にふった。

信子はさっそくメモをとりだした。数年前、国会図書館で探しだしたもので、身元不明の母の死を報じる記事から、母が死んだ番地を記したものだった。その前の三日間、尋ね人を捜す祖父の広告「心配せずに家に戻れ」も信子は読んでいた。広告が出なくなったのは、母の死がわかったからだった。

「お母ちゃんがいなくなって皆で手分けして捜したんだ。俺は多摩川を上りながら歩いて捜した。福生の叔母さんのところも行った。でも来てなかった。占いの人に観てもらったら、その女の人はこういう着物を着ているでしょうと、着物の柄を言い当て、もう死んでいるといわれた。近所の人が新聞に出ていると教えてくれ、すぐお祖父ちゃんと警察へかけつけた。もう少しで無縁仏になるところだった。その夜二人だけで通夜をしたんだ」

近くの中華料理店の外壁に番地の表示があった。大幅な番地改正があったのだろうか、それとも河川敷の番地は全く別なのだろうか。手に持ったメモの番地ではなかった。

ちょうど、ゴミ捨てに出たその店の人にきいてもわからなかった。この広い道をまっすぐ行くと、橋のたもとに交番がある、そこで聞けばわかるはずだと、その人は教えてくれた。

だだっ広い道には、さびれたような、それでも間口の広い店が並んでいた。つきあたりと思われる所は工事中なのか、埃のたまった杭、機材などが雑然と見られる。けばだった光景のなか、信子と叔母は歩いていった。

母の死後、信子は人生を考えるようになっていた。人はなぜ死ぬのか。いなくなってしまった存在を思うとき、寂しさへとめどなく落ちていく。母は何故死を選んだのか、生へ身を置くことが母への答えのように片意地張って歩いてきた自分を信子は振り返る。

母の一周忌が終わってから、入婿の父は再婚した。『商売には女手が必要だ』という祖母の意見からだった。信子は中学生だった。その頃から信子は太りはじめた。顔も身体もパンパンに肥った。胃痛を訴える信子に、医者はもっとやせなさい、と毎回言うのだった。母がいたことも、死んだことも、母の存在をすべて消し去って表面上は新しい生活が流れていた。外ではすぐ笑う陽気な娘に信子はなっていた。しかし、家の中では、新しい母が来て、父は自分だけの父ではなくなった、と思った信子は無口になっていった。何かあったら言ってみろ、といくら父に言われても、間に入った父の苦しさを思うと、無言でしか答えられなかった。そのような屈折した中で信子が唯一持っていたのは読書だった。「そんなに本を読んでどうなるんだ、本だけでは世の中は渡れないぞ」よく父は信子に言った。


「番地がないっていうから」

信子は足の裏に感じる細かい砂に神経をとられながら、

「交番へ行って聞いた方がいいかしら」

訊ねる調子でつぶやいた。

突き当たりにきていた。見下ろす視野いっぱいに川が広がっていた。流れを止めているような広い川幅、左側はるかに交番があるという錆びた橋がかかっている。信子は橋までの距離を目で測っていた。

「朝、散歩していた人が、あの堰《せき》に引っかかっているのを見つけたと、聞いたけど」

叔母の口からでた生々しい言葉を信子は背後で受けとめる。

橋と反対側に叔母の言う堰が、川の流れを区切り横に線を引いていた。そこに目をこらしてみれば、白く泡立つ小さな水の流れがたえまなくあるのだった。信子が番地を見つけようとした時、店の人に尋ねた時、同行していた叔母は何を見ていたのだろうか。真実を知りたいと思いながら、真実を知ると傷つく自分がいる。信子は自分の弱さに出会い、敗者のような気持で叔母の後に従って歩きだした。

右に大きく蛇行する川は、緑の河川敷を抱いていた。そこまで行かなければ川辺へ立つことはできない。車二台が行きかうだけでいっぱいの狭い道路を道なりに歩きだした。トラック、乗用車などがひっきりなしに通る。

埃っぽい家々が並び、川は見えなくなっていた。祖父の妹という蒲田のおばさんの消息を話す叔母の声を聴きとるため信子は上体を丸めた。叔母の細い声は車の音で消されがちだった。信子は何度も聞き返し、大きな声で相槌をうった。一度会ったかどうか、写真の中で固定している丸い顔と、つれあいが探偵をしていて、祖父母が東京に出ることになった原因を作った人らしいことなど、信子は昔聞いた話を重ねながら聞いていた。

叔母の話の流れにそいながらも、ただうなずくしかないもどかしさを信子は感じていた。信子にとっては無縁の人だった。母の話を聴きたかった。

母と叔母は、福生の叔母の家を訪ねた帰り道、駅までふつうなら一時間かかるところを、それ以上もかけてゆっくり話しながら歩くのが常だった。小学生の信子は道ばたの花を摘んだり、蝶を追いかけたりするが、とっくに退屈してしまう。うんざりしながらも、女同士でしんみり話す母と叔母が、一人っ子の信子はうらやましかった。母にまつわる過去の中の信子は子供だった。あのとき、母と叔母は何を話していたのだろうか。信子は過去という壁の前で、また行き止まりの自分を見る。地団駄をふむ子供の信子。

母の死を境に、母の周辺の人たちは大きな悔いを各自にしまいこんだようだった。祖父母は沈黙のままあの世に旅立っていったし、信子がこわごわ母にまつわる問いを出せば、慎重に選び抜かれた言葉が返ってくる。各々《おのおの》の立場の言い分はあるだろう、が、それを言い立てれば立てるほど相手が傷つく。そのことが自分に戻ってきて自分を傷つけるのかもしれなかった。

信子は断片的な思い出といくつかの人から聞いた話を元にして母の跡を追っていく。ただ単にノイローゼと病名を使えばすむことだろうが。信子にとっては単純な問題ではなかった。

いくつかの思い出と、自分の人生経験から得た推察で、集めた話の中の空白部分を埋めていく。年月と共に人生の解釈は変わっていくのだろうから、信子は終わりのないパズルをし続けているのかもしれなかった。

ようやく家がとぎれると、空を中心とした川のある風景が戻ってきた。

薄汚れたガードレールの切れ目から、人の足でできた細い路が川へ曲がりながら続いている。緑の雑草が一面に風になびき一瞬その細い路を隠す。路なりに降りていくと摘み草をしている人とすれちがう。足元を見ながら視野の中に川をいれるとだいぶ上流に来たことに気がつく。陽の光より風が強く、暖かさを消し去った寒さが吹きつける。少し平坦な草地を見つけ、信子と叔母は並んで座った。多摩川はゆったりと上流に向けて延びていた。気まぐれな風が野球場からアナウンスの声を運んできた。

堰は思ったより遠く左手になっていた。大きな川も眠っているのではなく、目をこらしてみれば、泥の色を混ぜながらゆったりと流れているのだった。堰がつくる白いしぶきも、絶え間なく落ちる水流も絶えることなく、過去から未来へ続いている。

どこの地点で入水したのか、何時だったのか、寒くはなかったか、冷たくはなかったか、怖くはなかったか、漠然と考えていた母への問いが浮かんでくる。家を出てから死ぬまでの間、あなたは何を考えていたのか、どうすれば死ななくてすんだか、心の中で母を追い求めてきた自分がある。

川と対峙すると、この風の中で叔母と並んでただ黙って座ることだけが一番ふさわしかった。

対岸の土手の向こう側には精巧に作られたミニチュアのような屋根と屋根がひしめきあってどこまでも続いているのだった。

その一ヵ所が何かの合図のように反射した。陽のいたずらだった。対岸寄りに中州があり、土色をむきだしにした起重機などの機械が三台忘れたように置かれている。

家を出た母を乗せたタクシーの運転手、母の遺体を見つけたという散歩していた人、警察、検視をしただろう医者、捜しまわればもっと詳しいことがわかるはずだ。過去に数回考え、その都度打ち捨ててきた思いが浮かんだ。

「風が少し寒いね」

ほろ苦い口調で叔母は言った。沈黙のまま時だけが過ぎていた。

叔母は叔母の思いの中に、信子は信子の思いの中に閉じこもっていた。

「さあ、お花をあげてから帰りましょう」

叔母はなにかを振り払うように言うと、立ちあがった。水際に近いところを探しながら降りていった。

投げ入れた二つの花束はゆったりと距離をおきながら流れていく。流れの先には堰があった。

三

《多摩川からガンジス川へつながる、という私の考え、そんなの理屈だというかもしれない、そんなの感傷だというかもしれない。

航空会社のマイレージがたまって、アジアのどこかへ行けることになったとき、インドは私のプランに入っていなかった。ところが、三月でインド便はなくなると知って、急きょ決めた旅だった、インドへは、ただ川へ行く事だけだった、そのことだけは、無意識的にずっと以前から決まっていたみたいだった》

川へ

その日もガンジス川に人があふれていた。

マーケットを通り抜けて、カラン、カラン、カランとなる寺の鐘の音に誘われるように行くと、メインガートに来ていた。物売りの男、沐浴を終えた人、これから川に入ろうとする人、日傘の下では、数人の人たちがなにか話していた。信子は前方にざわめきを感じた。そばに近寄ると、人の流れの中心に華やかなピンク色のサリーを着て、金のアクセサリーをたくさん身につけた娘のような女性、緊張している顔で金色の上着を着ている若者、周りには正装したサリー姿の太った女たちが一列になって歩いていた。

「結婚式なの？」

信子は傍らにいた若いインド人に笑顔を浮かべて英語で聞いた。ひげを蓄えた男も、口元をゆるませて、うなずきながら、「これから、みんなはボートで対岸に渡るんです。そして戻ってきてからこの上の高台の寺で式を挙げます」と話してくれた。そして対岸というのが、見てもわかるように、なにもないから、地獄といわれているのだと言った。

建物もない、人も住まない対岸が地獄だとしたら、こちらは天国になるのだろうか。信子は、宗教的にはわからなかったが、それは再生を意味するのだろうか？

家事も仕事もなにもしなくていい、フリーの旅人の今、考える時間はたっぷりあった。信子は人ごみをぬって昨日行った静かなガートに向かった。

海と見違えるほどガンジス川は広かった。海ではないというように、空と水の間に対岸の枯地が地平線まで延びている。空にはのんびりと鳥が一羽飛んでいる。

この川に信子の見る生と死、人々が見せる敬虔な祈り、この自然の中で対峙するのは、自己との対話だった。

一つのシーンが浮かぶ。

「なに、あんた、ボランティアだって？　こんな天気のいい日に、遊びにも行かずにかい、閑人だね」

信子にこう声をかけたのは、施設の初老の職員だった。

彼のそばには、知的障害を持つ坊主刈りの中年の男がスコップを持って土を起こす作業をしていた。

「ここでは、人間より道具のほうが大事なんだよ。人間はいくらでも代わりがあるけど、道具を買うには金がいるからね」

人に好意をもって言われることはあれ、ボランティアの行為を面と向かって、閑人といわれたことはなかった。少しむっとした信子には、人間より物が大事と言われると、もう聞き捨てられなくなっていた。

男が言うように、それはよく晴れた日、大宮にある難民キャンプだった。

自分の行為を否定され、人間よりも物が大事というロジックの彼の話に、信子は巻き込まれていった。

日本赤十字社はベトナム難民の一時滞在にこの精神障害者用の空き校舎をあてたのだっ

た。英会話を習っていた信子は、その主催のパーティーで難民の何人かと知り合った。レッスン前の午前中、信子は彼らに日本語を教えるために通っていた。英会話学校とその施設とはバス一本で行ける距離だった。

閑だと言われたことに反発した信子は、ボランティアの動機を話そうとした。何かを埋めるための行動だということは、うすうす信子は感じていた、それは意識下の領域だったが。母の死のことは秘密ではないが、通常の会話の中では出ないことだった。まして初対面の人には。それなのに、

「私の母は、多摩川で自殺したの」

「それは、この空の遠くにいる偉い人が許したんだ」

信子の反応を見ながら、彼は続けた。

「死にたいと思っても、死ねない人もいるし、死にたくないと思っていても死ぬ人もいるじゃないか」

「じゃ、私の母は？」

「許されたんだよ」

信子は母の死を突然話した自分に驚いていた。許されたという言葉は、なにかほっとしたが、どこか心の上をすべっていた。

『許さないで欲しかった』と、その偉い人に言いたかった。

それから、数年後、死にたいと思って睡眠薬を飲んだが、死ねなかった、という中年の女性に信子は会うことになる。

信子がアルバイト先のホテルで受付の仕事を始めた日だった。

その受付の奥には机があり、カードに名前を書く、筆耕の人が仕事をしていた。仕事を中断したその初対面の人は、信子に会うなり「もっと、早くあなたに会いたかった」と言ったのだった。

養女だったという小太りの人は、

「母が亡くなったあと、夫は預金通帳や株券など大事なものを持っていなくなりました。子供三人残されてどうしようもなかった。役所に相談しに行くと、まだ家があるのだから、家が無くなったら来なさいといわれ、どうする手だても考えられなかった。私は死のうと思って、睡眠薬を飲んだんです、意識が遠のくとき、子供たちの泣く声が聞こえました」

薬の量が少なくて未遂に終わったのだった。

しばらくして、立ち直ってからこの筆耕の仕事をした。

「別にお習字を習ってもいなかったんですが、次々に注文がきて、おかげさまで子供たちも自立して」

生き返った後の彼女はマンションも買ったという。彼女の再生の話は苦しさの中から、自分の腕一本で暮らしをたててきた力強さがあった。

『あのおじさんが言った遠い空にいる人に許されずに生き返ったのだろうか』

「多分、私ともっと早くお会いしたとしても、今の私じゃないから、無理だと思いますよ」

信子は彼女の話に、当惑しながら言った。後で、どうして、初対面の私にああいうことを話したのか、と訊いたとき、彼女は「あなたに光を見たのです」と言った。信子は彼女に母の自殺のことは話していなかった。その信子の沈黙は自分には見えない光を発していたのだろうか。では、母の死をなぜあの初老の人に言えたのか。私がその人に惹かれたのは、彼の中になにかがあったのだろうか。わからなかった。

四

太陽の輝きが、ガンジス川へ光の影を伸ばしていた。一本の金色の帯を転がしたように細くなりながら。その金色のオブジェは波に静かに揺られている。

『キラキラと細かく揺れてきれいですね、お母さん』

信子は心の母に呼びかけた。ベナレスに来て三日がたっていた。

何故、想い出のあなたは、悲しみの色に包まれているのでしょうか。多分、あれは私が四年生の時、保護者面談から帰って、あの奥の部屋であなたは帯を解きながら、新しく担任になった先生が、「信子は思ったより出来が悪いと言っていた」と聞いた時、なぜか、悲しい思いをしたからでしょうか。

裏庭の掘っ立て小屋で、煮物を大鍋で作る祖父のそばで、ボールに落とした黄身を泡だて器でかき混ぜ、サラダオイルを一滴ずつたらし、その当時珍しかった、手作りのマヨネーズをつくる手伝いをしましたね。

あの時のあなたは元気だった。でも、一番覚えているのは、石膏でつくられたベッド、それはピーナツの殻の半分を部屋に置いたような形の中で、あなたは寝ていた。信子はその部屋の片隅で、洗面器に水を入れて、あなたの赤く汚れたショーツを洗っていた。あなたは「悪いね」と言った、信子はそんな事ないよ、といって首を振っただけだったが、『できることは何でもするから、早く良くなって』という言葉は言えなかった。伝えられなかった言葉だった。

アルバムの中の写真は、七五三の時、小学校入学の時と、節目には写真館へ行って写真を撮った。靴、洋服もみんな注文品で、それは、望まれて生まれた一人娘であり、商売もポテトサラダを中心として繁盛していた証だった。わがままで泣き虫の信子は、母を亡くした後は、可哀想な信子ちゃんにかわった。

新しい母は、その世間の目の中で『継母』として辛く生きたという、それは他の物語となるのだったが。

贅沢に育てられても、信子の心には隙間風が吹いていた。

『まるで、着せ替え人形みたいだわ』小さいながらお金で人を判断するこまっちゃくれた自分になっていた。信子は、おばあちゃん子だった。祖母は置いてきた叔母への愛も重ねて孫の信子を育てたのかもしれない。そうすると、母親としての位置は母にはなかった。母は家業の働き手だったから。それならば、この母を慕う自分はなんだろう。母を亡くした可哀想な自分、その役割も演じていたとしたら、自分ってなんだったんだろう。過去の自分が見ていたものは。自分が求めていたものは。

もう川に漂っていた金色のオブジェは消えていた。空気も夕方の気配を振りまき始めた。ガートで沐浴する人の姿も少なくなっている。

帰るため信子は立ち上がった。

果物、野菜などを地面に並べて売るマーケットを通り過ぎて、やはり広い通りに出た。来た道を戻れば簡単にドミトリーにたどり着けるのだが、違う道を通るのが好きだった。そしてそのたびに道に迷った。迷わせるためにマーケットが信子を誘うとしか思えなかった。そうして、車乗り入れ禁止の広い通りに出る。『どっちの角を曲がればいいのだろう』、曲がるところが、信子はわからなかった。袋を担いでいる人、サリー姿で連れ立って歩く女たち、人ごみの中で戸惑う信子。ここはインドでもなく、どこか見知らぬ町、ほっぽり出され、一人だという、一瞬の不安が信子を襲う。帰れなかったら、『どうしよう』。もうちょっと右だったかな、右に行ってみよう。少し歩いて曲がると、見覚えのある菓子屋を見つけて、信子は少し安心する。

落ち着いた信子はくねくねとした小路を曲がり、洋服屋を見つけ、次に目印にしている暖簾《のれん》を見る。入り口の前では、板一枚の上に、草巻きたばこを売る愛想のいいおじさんが、笑って迎えてくれた。彼の隣には神の使いであるという白い牛が寝そべっていた。

空にあった白い雲は流れていき、薄曇りになっていた。この日の川は少し翳りをみせて、流れている。川の水は相変わらず濁っている。ガートでは数人の女たちが祈りながら沐浴している。肌を見せるのはタブーのこの国では、女性たちはサリーを着たまま水に浸かるのだった。赤いサリーの若い女が水に潜るのもためらっている。周りでは何かささやいている。励ましているのだろうか。少し経た時、水の中から、雫だらけの女の髪が現れ、肩が現れた。

あれはいつのことだったろうか。信子はざらざらしたような過去を思いだす。

「山頭火展」を渋谷に見に行ったのは確か最終日だった。行こうかどうしようかと、迷ったあげくだった。

山頭火の母は井戸に身を投げて自殺した。放蕩三昧の父に抗議して死を選んだのだった。その母の遺骸を子供の山頭火は見た。家は没落した。結婚した彼には、子供が一人いたが、山頭火は家族を捨てて旅にでたのだった。結局は流浪の旅をして一生を終えた。俳句に於いては清新な句を作ったことは人に知られている。

信子が気になったのは、彼も形は違うが、自分と同じように母を慕って、追っていたのではないだろうか、ということだった。母の位牌を持って旅をした、僧籍に入った、巡礼もした。

それでも山頭火の心はどうだったんだろう。救われなかったのではないか。彼も自殺未遂をしていた。彼は乞食坊主として行乞《ぎょうこつ》する。不自由の中の自由。彼は生き返っても、まだ死を望んでいたのか。苦悩の中で酒を飲み、俳句を作る。それだけが彼の生きがいだったのだろうか。山頭火は死んでも、彼の句は人々の間で生きている。死んでも生きている、ということなのだ。

死ぬことと、生きることは同じだ。人生の途上で起きることは、全部必然だと、誰かが言ったことを思いだしていた。

沐浴をしている紫色のサリーの女から少しはなれて、男の子が三人、水しぶきをあげながら、ふざけあっている。そのうちの一人には、見覚えがあった。あのくりくりした眼、角張った顔つき。信子がいつものようにガートに座っているとき、「時計買いまへんか？　安くしまんねん」と声をかけてきた子だった。観光客相手に売りに来る男たちは、ほとんど英語を話す大人だったが、大阪弁を話すその子は印象強かった。誰か旅のつれづれに彼に日本語を教えたのだろう。いずれにしても、この聖なる川は、日常の子供たちにとって、かっこうの遊び場でもあった。

山頭火は母から捨てられた、という思いはなかっただろうか。トラウマのように自分の心に突き刺さったトゲを信子は見る。信子は結婚して、子供が生まれて、母親となっても、心は捨てられた子供のままだった。母親役をやっていても、サイズの合わない服を着ているような、場違いな感じが心をしめていた。

自分はこのような感覚で生きて死んでいくのかもしれない。

やがて信子は、母の死を、時代を背景にして考えるようになっていた。結核という病気は当時治らない病と言われていた。食べ物商売にとって、その病気で入院するということは、商売が立ち行かなくなることを、意味したであろう。一度動き始めた歯車の向きを変えることはできなかった。子供の信子がいくら地団駄踏んでも、所詮は大人の世界のできごとなのだった。経済がかかわる大人の社会の問題だった。

だから、その一連の出来事は時と同じく、川の流れと同じように流れていくものだったのだ。たぶん母は、死ぬときに残していく信子の幸せを祈っていったことだろう。去っていく悲しみとともに。信子が母親になったから解る心情だった。いま健康でいられることを考えれば、流れ去った時、とりもどせない過去から離れることが大切であり、自分にとって楽になることだった。叔母と多摩川へ行って、花束を投げ入れてからあとの、現在の信子の出した自分への答えだった。

考えることに飽きた信子は立ち上がった。

沐浴を終えた女たちは帰り支度を始めている。

五

ボートに乗ったのは最後の日だった。

静かな水面に、オールを漕ぐ音が単調なリズムをふりまいている。火葬場の近くから出たボートは、岸部近くを上流のメインガートに向かって進む。小柄だが、がっしりした体格の男は漕ぎながら、この船は大阪の人が買ってくれたもので、親子六人の生活にとても役に立っている、と笑みを浮かべながら話してくれた。その人は女ではないか、と想像しながら信子は聞いていた。大阪という地名をここインドで数回聞いたことを信子は面白く思った。

この辺りは沐浴する人は少なく、数人の男たちが思い思いに時を過ごしていた。ガートの水辺近くの階段に座っている白い服の男もいた。

見上げる信子の目に、マーケットを歩く、大阪弁で時計を売る少年の姿がちらりと見えた。

昨日、ドミトリーの近くの洋服店で店番をしていた少年と話したことを思いだした。あの時計を売る少年と同じ年頃だと思った。彼は、店先で太鼓のけいこをしていた。応対も話しぶりも彼の態度には落ち着きがあり、信子はその情景とともに、学校へ行っていると話していたことも思いだしたのだった。

「あの少年は、学校に行ってないの？」

その少年を視野に入れながら、ボートの男に信子は訊いた。

「それは、貧しいからなの？」

あまりに陳腐な自分の言葉に心で羞じていた時に、「イエス」と答えたのは、意外にも岸辺に座っていた白い服の男だった。信子はびっくりした。自分はボートを漕いでいる男と話していたはずだった。前を見ると、ボートの男もうなずいている。

驚きながら信子は、自分が旅人だということを自覚した。スタートしてから、ボートの男は、ヒンディー語でなにかしゃべっていた。言葉を理解できない信子は、聞き流していた。彼は独り言をいっていたのではなく、岸辺にいる誰かに話しかけていたのだった。彼らにとってそれは日常だった。

ボートは岸辺を離れて、川の真ん中へ動いていく。ガートで沐浴する人たちが増えていた。信子は貧しさという言葉が自分の口からでた事にこだわっていた。ここでは、自分の国から見たら「貧しさ」だらけだった。そして貧しさから想像した汚さも。いくら聖なる河といっても、信子は川に入る勇気はなかった。

ただ見るだけだった。ここには、死という火葬場があり、観光地化しても、媚びることなく聖地として人々は集まってくるのだった。日本では考えられない場所だった。信子が熱く感じたのは、祈りの中に見る人々のエネルギーだった。自然の中で、自然に生きてそして自然に死んでいく。文明の中にいる自分はあまりにも自然から遠ざかってしまっているのではないか。

今日はまだボートも観光船も少なく、川面は静かだった。

ボートはメインガートに近づいていた。目印のような大きな日傘、ごったがえす人々、こみ合う階段の下で沐浴する裸の男たちや色とりどりのサリー姿の女たちが見え始めた。カラン、カランと絶えず鳴る寺院の鐘の音も聞こえてきた。

『私の旅ももう終わる』

そう思うと、この風景もいっそう心にしみるのだった。たぶん、もうここを訪れることはないだろう。

陸から広い川に目を転じた信子の視野の前方に、黒い鳥が一羽ポツンと、見えた。『川の真ん中になぜカラスが？』この大きなガンジス川の中に取り残されたように。それは奇妙な光景だった。近づくと大きな白いビニール袋の上にカラスがポツンと乗っていたのだった。うしろを向いて漕いでいたボートの男がその物体を見つけた。と、彼は首を振りながら、なにか叫び始めたのだった。その袋の大きさといい、その男の態度といい、火葬もできずに川に流された遺体だと、信子は感じた。彼は岸辺にいるだれかれに伝えるように、首をふるジェスチャーで『今日はなんて日が悪いんだ』と言っているみたいだった。

信子は心の中で手を合わせた。

『あなたが、私を呼んだのね』

その時、信子の過去の何かが流れ過ぎていくのを感じた。

ボートは迂回してとおった。

振り返って見続ける信子の視野の中で、カラスの姿はしだいに小さくなっていった。

メインガートを過ぎた先には、数人の男たちが軀中を使って、石に衣類を打ちつけて洗濯していた。そして岸に洗濯したものを広げるサリーの女たちの姿も見えた。火葬場近くから出たボートはそこで終わりだった。舳先《へさき》を回して、戻りはじめた。そしてボートはメインガート近くの船着き場につけられた。信子がボートから降りた時、一人の少女が誘われるように近よってきた。かわいいその手には、灯があった。小皿の上では、赤い花びらのまん中にろうそくの炎が揺らめいていた。信子はそれを受けとると、そっとガンジス川に浮かべた。

「第43回埼玉文芸賞」佳作に選ばれて

斎藤よし子

前号の『川へ』の作品が幸いにも、佳作八篇の内に入りました。これは、母の自死の周辺を書いたものです。特に、第二章は、約二十年位前に書いてありました、ある人は、「これは(私の)原風景である」と評されました。七十歳になって、自分の過去をこの作品を通して考えますと、『死と生』を文学と共に、自分なりに考えていたのだと思い当たります。残された人の悲しみは、年齢、男女という枠を越え、そしてまた別離の悲しみとも重なります。今、ここで光を当てていただき、この作品の幸せを思います。

これからも一段と、心を引き締めて歩いてまいります。

ありがとうございました。

ゆらめき

〝水に浮かぶローソク入りました〟

英子はイラスト入りのビラを店先に貼りだした。道を歩く人たちも秋の色を着る人が多くなっていた。テレビでも、遠いところからの紅葉の便りを報じている。

英子がこの店を開いてから五年になる。子供の代わりに〝ラブ〟を持った、と言う人もいたが、収支トントンという事は、まあ順調といえるだろう。場所は裏通りにあったが、駅から近かったので勤め帰りのＯＬたちがよく立ち寄った。インドの木彫りの象や、孔雀の羽の扇子、中国の刺繍のハンカチ、壁にはメキシコの大きな帽子等、各国の物が置かれていた。大体は普通のルートで仕入れたが、夫が貿易会社に勤めているので、海外出張のときに買ってくる物も並べられた。

しかし、この水に浮かぶローソクは、他の店で売っていたのを、自分の店でも取り扱うようにしたのだった。季節的なものの一つとして、毎年秋から翌年の春まで売り始めて三年になる。このローソクは掌《てのひら》のまんなかに載るくらい小さくて、星の形をしていた。真ん中に白い芯があり、やや厚みがある。赤・青・水色・白・ピンク・黄色と六色が袋に入っていた。菓子屋の店先に並べれば、砂糖菓子に見えそうだった。

「奥さん、あの人はもう見えるでしょうね」

アルバイトのユキがいう。英子も思っていたことだった。英子の頭に、このローソクをまとめて買う女の顔が浮かんだ。

目鼻立ちが整った美しい人だった。身なりもいい。たしか、その人が店に顔をだしたのは二年前だっただろうか。女はせかせかと追いたてられる様子で店内を見まわした。張り紙を見ると、「この水に浮かぶローソクは、どこにありますか?」ときいた。ユキが案内すると、「あらきれい」と袋を一つ手にした。「いくつ入っているのかしら」女は袋を見ながら呟いた。「そう、六つ入っているのね」女は、三つか四つ手にしたが、少し考えてから、「七袋ください」といった。

女はそれから毎月一回、同じ数を買いに来た。いつも何かにせかされているように、足早に帰っていく。英子は昔読んだ童話を思い出していた。髪を濡らした少女が月夜の晩に赤い絵のついたローソクを買いにくる話だった。その少女は人魚だった。月夜・赤い絵のローソク・人魚、と英子の心の中に強い印象として残っている。子供を持たない英子は、どこか少女趣味的な所があった。家庭生活とこの店がうまく回転していた。ちょっとした困った事は、さざ波のようだった。次から次へとよせてはきたが、次から次へと去っていった。『たぶん、これが幸福なんだわ』英子は心の中で呟く。だから、この女のことも、英子の幸福の延長線上のイメージの中でロマンチックな夢としてふくらんでいった。それにしても、七袋と何故そんなに多く買うのだろう、英子の醒めた部分が持っている疑問だった。疲れたような女の表情が重なった。

「実は息子のために買うんです」

女がある日、英子にした話は、英子の夢をこっぱみじんにするものだった。それは女が何回目かに買いに来たときだった。外は細かい雨が降っていた。いつも夕方から手伝ってくれるユキちゃんは、急用で休みだった。店内には女と英子だけだった。

女は子供の話となると、不思議なきらきらとした眼になった。二十一歳になる息子がいること。四年前から難病といわれる病に罹《かか》っている、この病気は原因も手当てもわからず、死に至るまでただ見守るしかないこと。彼はローソクが好きで、いろいろなローソクを集めているという。

「ついこの前までは、車椅子だったのですが、最近は起きあがる力もなくなってしまって、毎日をベッドの中で過ごしているんです」

「私はあの子が炎をじっと見つめている横顔を見ると、胸がしめつけられます。まるで自分の命を、立ちのぼる炎の中にみているようで……」

女は語尾をふるわせた。少し沈黙があった。女は気をとり直した様子で、

「初めてこのローソクを見たとき、あの子はとても喜びましたの。星の形をしていて、いろいろな色があって。これをカットしたガラスの器に浮かべると、すばらしい幾何学模様の光がゆらめきます。

でも、あの子もそんなに遠い日じゃなく星になるかと思うと、せつなくなってきて……。あの子の喜ぶ前で、私は涙を見せられませんわ。だってあの子はいつもベッドの中から私を元気づけてくれるんですもの」

生きているのが奇蹟だと、担当の医者は言ったという。

英子は息をひそめて女の話をきいていた。

小雨は音もなく降り続いている。黒い影がひとつ足早に店先の光の中を通りぬけた。

一日一つずつこのローソクを灯す、母と子の決めたことだった。『このローソクが、彼の一日の生の証となる、このなんの変わりもないローソクが』英子は改めてローソクを見つめ

た。七袋買うということは、四十数日の生命を予約するという、母親の願いと祈りがこめられているのだった。

英子は自分の心に問うていた。今まで、こんな重い現実を考えたことがあっただろうか。ただ、表面的に日々を送っていたのではなかったかと。

「格式ばった家っていやですね」

女の表情の中に不思議な光は消えていた。原因不明の病気は彼女のせいになった。『お前のせいだ』はっきりとは言わなかったが、彼女に対する夫の態度が冷たくなっていった。息子はそんな父親の前でも母親を庇《かば》った。

「あの子は自分の病気以上に重いものを背負っているんです」

女は、ふっと小さくため息をついた。

「今、私はあの子の命と一緒に生きているようなものですわ。

何日先か、何年先か、あの子がいなくなったら……、そういう事は考えないようにしているんです。今出来ることをあの子に精いっぱいしてあげよう、悔いのないように、と」

いつもと違う多弁な自分に気がついたのか、女はちらと時計を見た。

「早く家に帰らなくちゃ。私の姿が見えないと、あの子はとても気にするので」

女は代金を置くとすぐ出ていった。英子はしばらく座っていた。周りの飲み屋がだんだん活気を帯びてくる時刻だった。店を閉める時間はもうすぐだったが、動く気がしなかった。

ちらちらと輝く炎を見つめる青年と、母親。どんな会話を交わすのだろうか。老いと死は容易に結びつくが、若さと死が隣り合わせだなんて。英子は人生の暗部に初めて触れたように感じた。

人生はそんなに皆ハッピーばかりではなさそうだ、これは英子が自分に向けた言葉だった。そうすると、少しずつ英子の中に不安がわいてきた。

『いつか私にも罰が当たるのだろうか』

『あまりにも幸福すぎるもの』

『もしかしたら、人生はプラスとマイナス。ゼロになって死んでゆくもの』

昔から感じていた英子の人生に対する計算が浮かんできた。


その夜、英子は夫にこの話をした。

「いろんな人がいるね」

英子の熱のこもった話しぶりを、夫はさらりと流すように言った。私たち、いつか後で何か罰が当たりそう、と思ったことは黙っていた。〝そうだろう、だから今を一生懸命生きなくちゃいけない〟と例の優等生的な夫の答えを予想してしまったから。

あれからずっと女はローソクを買いに来た。女の顔には英子だけにわかる、ほのかな笑みが浮かんでいた。女がローソクをまとめて持ってくる。

『息子は元気ですわ』

英子は代金を受け取る。

『うれしいわ。又お会いできて。少しでも長く生きてください』

品物と代金を交換するときに、二人の女はこんな無言の会話を交わした。互いの表情の中には、言葉以上の重たいものが流れていた。

ビラを出してから数週間がたった。忘れるはずはないと英子は思う。昨年の今ごろも確かに来たはずだったし。このローソクに飽きたのだろうか。

誘われるように英子が眼を上げると、店の外を風に追われるように黒い人影が通りすぎた。

ジェニファーと妹のエイミー

(一)

ニューヨークからのジェニファーの死の知らせはアタシには届かなかった。英語のわからない夫が電話を受けたから。ある日、アタシがたまたま電話したら、妹のエイミーが出て、今日はこれからジェニファーのメモリーをする日だといった。もう十日前にジェニファーは亡くなっていた。

ジェニファーは突然アタシのところを訪れている。約三ヵ月前で、二度目の来日だった。手首にネームバンドをつけ、着替えも何も持たず来たのだった。痩せ細り、驚くアタシを前にして、別人のようになった彼女の弱々しい笑顔の中の光る瞳には、恥ずかしさが宿っていた。ニューヨークから、心配したエイミーがはじめて電話してきた。病院をぬけ出したジェニファーを捜していた事、彼女は乳がんに罹っている事など知らせてくれた。

初めて会ってから十年がたっていた。彼女は七十歳になっていた。

以前米軍で働いていたというジェニファーは、日本にある米軍基地で入れ歯を作りたい、という希望も言葉だけに終わった。そして数日の滞在のあと帰国した。寝てばかりいるジェニファーに、散歩の効用を説き、「死にたいのか、生きたいのか」と言葉の刃を突きつけたのは、アタシの不安からだった。痩せて消え入りそうな彼女に、病と闘うように促す態度をした。やっとたどり着いたようなジェニファーが望んでいたであろう、安らぎと温かさとは無縁な対応。彼女が見ていたのは、自分の死だったのだろうか。アタシが避けていたのは、やはり彼女の死だった。その予感から来る不安を隠すために闘争的な態度をとったのだった。でもそれもこれも言い訳にすぎない。今回はかつらもつけず、黒人特有のちりちりと丸まった髪の毛は、ネッカチーフで覆っていた。

ジェニファーとの出会いはアタシが京都一人旅のために、東京駅に向かったときだった。電車のドアが開くと黒人の女性が立っていた。昼間の車両はすいていた。その人は笑顔を見せながら、アタシの隣にすわった。ウエーブのある長い髪（これはかつらだった）、太り気味の体つき、それがニューヨークから来たジェニファーだった。彼女は六十歳、アタシは英語を習い始めて三年が経っていた。彼女は軍関係で働いていて、リタイアしたばかりで、今回初めての一人旅。日本には三ヵ月滞在の予定だという。何故黒人と知り合いになったのか、それはアタシ自身にもわからない事だったが、多分心が通じあったのだと思う。外見よりも、先に親しさを感じたのだから。

そのあと、アタシがジェニファーを家に招いたり、彼女のゲストハウスのある池袋を訪ねたりした。彼女のいうゲストハウスは、大きな貸衣装店の近くにある古いアパートだった。管理人は東南アジア系の痩せたおばさんで、ジェニファーとは英語で会話していた。池袋という場所柄、バーで働く若い金髪の外国人の女の子の姿も見えた。そこは日本というより、外国の雰囲気で、日本と外国が交叉するアタシにとっては興味深いものだった。それはジェニファーと行動するときにも感じたものだった。

アタシの家へ来るため、駅への道を歩いていたとき、惣菜屋の前で「これおいしいよ」とジェニファーが指さしたのは、サバの味噌煮だった。サバの味噌煮と外国人、自分の予想外の取り合わせにアタシは面白がった。

ある夜、風呂あがりのジェニファーは留袖を着て現われた。驚くアタシ。ジェニファーにとって着物という一括りで、浴衣の発想もない、日常の深いひだもわからない、まして四季という概念も知らないだろう、それはアタシが日本を振り返る時でもあった。そして、それはひるがえってみれば、アタシとアメリカとの関係も同じ事だった。

友だちに会いに行きたいと言った日。調べると乗り換えに少し歩かなければならない。日本語のわからないジェニファーには難しいと思ったアタシは、わからなくなったら見せるようにと言って日本語で『○○駅に行きたいのです』と書いた紙を渡した。電話がかかってきたのは真夜中だった。交番からだといった通りがかりと称する男の人は、どうも彼女、道に迷ったようです、といった。英語がわかる人なのだろう。「それから、あなたのお子さんたちの写真も見せてもらいましたよ」と笑いながらつけ加えた。以前彼女にあげた写真のことだ。そこには、公園で遊ぶ幼稚園に入る前のうちの子供たちが写っていた。『これが私の友だちの子供たちです』といって見せているジェニファーの姿が浮かんだ。「その子たちは、もう中学生なんですよ」アタシも笑いながら答えた。そして、その声の主に礼をいい、夫を揺り起こして車でジェニファーを迎えに行ったのだった。ジェニファーはアタシたちを第二の家族と思っていたのかもしれない。離婚したという彼女。その話をきいたのは、深夜だった。アタシたちの枕元には、ステンドグラスの赤い実のブドウの光が点っていた。壁ぎわには、一升瓶があった。そして、冷酒用の二つのグラス。酒を飲みながらの話だった。

「結婚していたの?」アタシは声をひそめてきいた。会話の途切れたあとだった。ジェニファーは声を出さずにうなずいた。まつ毛が長かった。『それで?』と、アタシはジェスチャーでうながすと、左手首をランプの光の下に出し、「シュー」と鋭い音とともに右手の人差し指で斜め一文字に空を切った。『自殺したの?』アタシは心で呟いた。アタシの眼の動きを見て彼女は深くうなずいた。よく見ると、手首のところにひきつれた傷跡があった。

それから五年後、アタシはジェニファーを訪ねてニューヨークに行った。彼女は空港まで迎えに来てくれた。地下鉄をのりつぎ地上に出てしばらく歩くと、窓ガラスを割られた車が路上にあった。そのときはただ風景の一部としか見えなかったが、あとで日本人滞在者に聞くと、彼女の住むブルックリンは危険なところだということだった。高層マンションのエレベーターは小便臭かった。五階にある彼女の部屋には、日本で買ったぬいぐるみの人形がベッドサイドに置かれていた。キッチンにはまな板もないし、自炊している様子もなかった。主婦のアタシにはこれも想像外の世界だった。街は汚れていたし、子供をはじめ、目にする光景は、黒人イコール貧しさといつの間にかしみこんでいた自分の概念を確認する思いだった。それは以前テレビドラマで見ていたシーンと重なるものだった。

日本人のアタシがジェニファーに連れられて行ったのは、ニューヨークの黒人社会だった。ブロードウェイに行くと聞かされてワクワクしていると、それはブロードウェイにある従妹の店だった。雑貨店を開いていて、店の奥の居間には、大学証書を手にする笑顔の従妹の写真が飾られていた。叔母さんは看護師だという。チュニダ、即ちトリニダード・トバゴを故郷にもつ彼女たちには、学歴は生きるために必要だった。教会の人びと、親戚のリタイアした大工の叔父夫婦、そこで会った黒人の人たちは皆アタシに歓迎の笑顔を見せてくれた。訪れた大学の講義を受ける学生もほとんどが黒人、黒くない顔色の人は二、三人しかいない。

黒一色の集団の中では目立っていた。その講義のテキストが欲しいというと、書きこみのある古本を紹介してくれたのだった。

アタシたちはいつも木のブルックリン橋を渡ってマンハッタンへ出かけた。ある時、ジェニファーが赤い塗箸を二本ウエーブのかかった髪にさし、笑いを含みながら、「ねえ、これかんざしよ」といいながらポーズをとって見せた。「あら、それって鬼みたいだわ」アタシも笑いながら応じて、二人で笑いころげた。空は青かった。対岸には、絵ハガキでなじみのビル群がおごそかに並び、アタシたちを待っていた。

観光旅行ではない旅だった。そこには日本での出会いで親しくなったジェニファーという一人の黒人を通しての世界が広がっていた。だから、いくらブルックリンが怖いところだといわれても、ジェニファーの友だちという立場のアタシに、安心感はあれ、恐怖心はなかった。

彼女は、何度も大きな字で、簡単な英文でアタシがわかるように手紙をくれた。ブルックリンで日本人に会ったとか。日本語を習い始めたとか。

ジェニファーは母のいないアタシにとって、とても近い存在だった。彼女の最後の死をかけた旅、アタシはなぜ優しく受け止めてあげられなかったか。

せめて葬式にでも出たかったが、それもかなわないとなれば、ブルックリンに行って、日本式にお線香でもあげて、自分なりに弔《とむら》いたかった。

ニューヨークへ行けたのは、数年後だった。

(二)

メインストリートに車の数は少なかった。夕方のラッシュに近いはずなのに、歩道を歩く人もまばらだった。アタシの泊まっているホテルとは、セントラルパークをはさんで反対側に位置していた。

アタシは「すし華」の見渡せるブロックの角に立っていた。日本人のすし職人であるおやじさんが経営するその店は、店内を隠すようにガラス窓の外に木作りの格子がはめられていた。ひっそりとこのアメリカで日本をかかえこんでいる。はじめて会ったとき、「もう少し広い場所が欲しい」と聞いたセリフは、日本企業の幹部と日本通といわれる外国人の客ダネの良さを持ち、高級レストランとしてこのニューヨークに根づき、繁盛している証としてアタシは受けとっていた。

時計を見ると約束の時間までにまだ少し間がある。エイミーと友だちのミリアムは自宅のソーホーから、バスをのりつぎ近くまで来ているはずだった。ジェニファーのお墓参りのために訪れたニューヨークだった。身内である妹のエイミーに聞いても、墓があるのか、ないのか、遺骨はどうなっているのか、すべては不明だった。自分の英語力不足と思われたが、それにしてもジェニファーの死を知って来たのだから、なにか対応があってもいいだろうと思った。しかし、日本とは文化も違うし、もちろん宗教の違いもある、解りあえない事は、そのままにして付きあう、そんなことは過去にも何回かあった経験だった。だから、とりあえず、ジェニファーへの線香代のかわりとして、アタシはエイミーたちに寿司をおごることにしたのだった。

その店に来るのは二度目だった。

ＹＭＣＡのホテルの食堂で偶然出会った二人と一緒に行ったのが最初だった。

「ここもニューヨークなんですね」隣を歩いていた水奈ちゃんがブルーな声でいった。そのトーンには驚きがまじっていた。レストランが軒なみ並び、歩く人たちが大勢みられる、泊まっているホテル界隈とはだいぶ違うわと思っていたから、アタシも深くうなずいた。

「もう、その店は近いんじゃないかな？」

先を歩いていたケンちゃんがいう。ケンちゃんというのは大学の先生で、高齢者の研究をしていて図書館に調べに来ているのだそうだ。俳優のなんとかケンに似ていたので、あたしが勝手につけた名前だった。そもそも我らが寿司を食べにいくのは、水奈ちゃんのホームシックのためだった。彼女はジュリアン音楽学院にヴァイオリンを習いに来ていた。落ち込んでいた彼女。

「そうだ、水奈ちゃんを慰めよう！」そこでアタシは前に日本人店主と少し話したことがあるここを思い出したのだった。「すし華」の店の扉を開けると、そこは日本だった。入口正面に菊を中心とした生け花が置かれ、壁には墨で書かれたかな文字の額がかけてあった。着物姿のウエイトレスが席に案内してくれた。

　水奈ちゃんはお茶を飲んでホッとした表情だった。アメリカでは高級レストランとなっているようだが、日本人のアタシとしたら、近所によくある普通のすし屋だった。

満席に近い店内を見渡せば、金髪や栗色などの髪の外国人で埋まっているが、ちょっと考えると、アタシたちがここでは外国人になるわけだけど。

　食事中に、この店のオーナーでもある角刈りのおやじさんが笑顔を覗かせ、デザートをおごってくれた。水奈ちゃんの顔も明るくなったし、歓迎の意味のみつまめもおいしかった。

アタシは、その時のホカホカした気持を思い出していた。友だちの友だちは、みんな友だち、友だちの輪ヨ。

　時計の針は約束の時間より二十分すぎていた。そのとき、アタシの視野にバスが停まり、降りる客の中から、エイミーたちが見えた。グレーのキャップをかぶり、太り気味のエイミー、のっしのっしと歩く感じだ。手には使いこんだ茶色の大きなバッグ、いつものとおりパンパンにふくらんでいる。彼女の大事なものすべてをつめこんでいるとアタシはにらんでいるのだが。そして隣には、エイミーの三分の一くらいの体重の元ダンサーだったというミリアムがそそとして歩いていた。こうして遠目で見ていると、黒人といっても、少し褐色がかかったエイミーと、墨のように黒いミリアムと肌の色が違うのだった。一生独身で教師だったエイミーと、子どもが結婚して一人暮らしを始めたミリアム、この七十歳過ぎたシングルの二人がソーホーのエイミーの部屋で一緒に暮らし始めたのはそんなに古いことではないという。彼女たちに共通しているのは、共に乳がんに罹っている事、それゆえ、ピアカウンセリングのような、患者と家族をサポートするボランティアをしているらしい。

二人はアタシに笑顔を向けると、並んで店に向かった。店内は相変わらず混んでいた。案内された席は、前に来たときと同じだった。通路の向こうの壁ぎわには、二人用の席があり、裕福そうな初老の白人夫婦が座っていた。

ところが、髪の毛の薄い赤ら顔のその夫が、じろじろ、ぶしつけにエイミーたちを見るじゃありませんか。アタシ、悔しいからその男をにらんでやったの。でも、そんなアタシの視線なんか全然気にせず、相変わらず、じろじろ見ているの。エイミーたちは何にも悪いことなんかしていないのに。その鋭い視線は、敵意を秘めているようにアタシは感じた。言葉でいえば『お前たちの存在が忌まわしい』とでもいうように。

あとで考えるに、アタシだって向こうからみれば、黄色人種になるから、いくらアタシが睨んでも、黄色も黒も一緒だったんでしょう。エイミーたちにすれば、不快だけど、慣れっこになっていると思うワ、多分。アタシその場でそんなこと、口に出せないほど重いものを感じた。

彼の視線を無視して、アタシ天ぷらと寿司を頼んだの。日本料理の典型でしょう。はじめにお茶が出たの。それって日本式よね。一口飲んで「ああ、苦い」って、エイミーは例のカバンの中から、ファーストフードでため込んだ砂糖をとりだした。そして入れてかき回してから飲んで、「ああ、おいしい」って表情だった。彼女たちにとったら、握り寿司は醤油より天つゆにつけて食べる方がおいしい、というわけで、まあなんて面白い人たちでしょうって、アタシ喜んでいたの。トイレに行ったミリアムが、十五分くらいかかって出てきても、ああ、こんなに喜んでもらってアタシも嬉しいと思ってた。彼女たちのはしゃぎよう、それはそうね、今考えると、ただ食事だけで帰って行く客とは違ってたかもね。

ふっと気づくと、周りには誰もいなくなっていた。あの鋭い視線の男も、そして二人掛けの席も、その他の席も。店内ではしゃいでいるアタシたちだけになっていた。

そして、頃合いを図ったように、年増のウエイトレスがきて、

「もうお済みでしょうか、お客さんが混んでおりますので」

なんでこんなにガランとしているのにって、アタシ一瞬思った。不審な思いで会計をするために立って行ったらわかった。

店の出入口のところでは、数人が丸椅子に座ってアタシたちが出るのを待っていたの。『これは差別だわ』って、日本人のアタシは思った。こんなこと、日本では想像できない。おやじさんも一回目と違って顔も出さなかったし。日本に帰ってから外国通の友人にこの話をしたら、その寿司屋の格を下げたかもしれない、といわれた。

アタシにしたらたった一回の差別だけれどショックだった。表向きに差別はしないということになっているから、店にしても断ることはできないのだろう、直接差別はしないということ。だけど、あの赤ら顔の男の視線、あきらかな嫌悪の視線、ただ同席しただけなのに。この国の差別問題は根深い、と聞いていたけれど。間接的差別、だから、なおいっそうたちが悪い。

何事もなかったようにはしゃぎながら、店の前で写真もとったりしたけれど、アタシの心の中は複雑で重苦しかった。エイミーがこのあと、日本が好きな友だちを紹介してくれるといったけど、アタシの心はそれどころじゃなかった。だから、憤然として断り、エイミーに当たってもしょうがないんだけど、前に見たゴンドラに乗りたいって言い張って別れたの。

今は人に会いたくなかった。アタシの中にゴンドラが浮かんできたの。以前歩いていたときに見えたゴンドラ。ニューヨークの町中でゴンドラがあったのよ。そのときの驚きと興味が心の底から浮き上がってきた。それは見たという経験と、乗りたいという欲求がいっしょに甦ってきたからだった。

ゴンドラがアタシをどこかに連れて行ってくれるはずだわ。無機質な鉄の階段をぐるぐる上る、ゴンドラに乗るための作業。

アタシの気持を和らげるかのように、ゴンドラはゆらゆらと動いていく。ビルの谷間を静かに小さな島へと。夜のヴェールを通して、たくさんの小さな灯火をもつ窓、窓、窓。そして、ビル、ビル、ビル、鉛筆のようにとがったビル、四角いビル、細長いビル……。

今まで夜景をたくさん見てきたけれど、それらはいつも眺めるだけの景色だった。今は自分が景色の中にいる。ビルの間をゆらゆらと下りていく。フアッと揺れるごとに、次のビルがもやった中から、現われる。ビルの林だ。セピア色のアタシの思い出のなかにこの風景がある。それは昔見た映画のシーンだ、と風景が語っている。あまりに年月がたってしまったゆえに、過去の記憶から無意識の世界へ移ってしまったのだろうか。

アタシは目を見張りながら立って見ていた。こんな素晴らしい風景があるのに、あの男の心はなんだ。

この不快感を避けるために、いくつか考えてみる。まず、あの寿司屋へいかなければよかったのか？　次にあの男の視線に対して何も感じなければよかったのか？　それって感情を失くせということで、アタシにしたら死を意味することになる。あんなに喜んでいた彼女たちに、早く帰ろうと促せばよかったのか。いずれも消極的で、何もしなければ何も起こらないということか？　最低の行動は、こういうところに申し訳ありませんが、何かの間違いで入り込みまして、そそくさと早く食べて帰ります、皆様のお邪魔にならないように、とすることか。ああ、イヤダ、イヤダ。そんなの人権以前の問題じゃないか。日本じゃこんなことないよ。

アタシは自分の心に問うていた。この素晴らしい夜景と、いま味わった屈辱とプラマイゼロにすることはできない、というのがアタシの結論だった。

――アタシはすべての人の代表にはなれないけれど、少なくとも黒人のエイミーとミリアムのためにこんな社会はおかしいよ、っていうわ。だってアタシたち友だちだもの。あんたたち人種差別していません、なんて嘘いっちゃだめだよ！　陰で本当は差別しています、っていわなくちゃ。アタシだって、こんな経験しなかったら、本当に、アメリカでは人種差別は無くなったんだって、思っていたのよ。信じていたんだから。

外側だけで判断する時代は終わったのよ。人間として生きる時代になったの。だからあんたたちは、人間の心としたら最低だわ。肌の色は違っても、心は同じだって知らないもの。

なぜか言葉が次々とこぼれ落ちていく。不公平、不平等、愛、等々。

空を見上げると、昔の元気なジェニファーの笑顔が浮かんでいた。

『ジェニファーだって、こんな怒りはたくさんあったでしょう？』

あの低い独特の彼女の声はもう聞かれない。

偶然という不思議がある。日本人に生まれた偶然、アメリカ人に生まれた偶然、黒人に生まれた偶然。そしてアタシにはジェニファーと出会った偶然があった。その偶然はいつのまにか必然になっていた。『人間として生きること、外見ではなく、心を見ること』それは人種差別の問題だけでなく、障害者差別にもつながっている。

ゴンドラの中に人は少なかった。後ろを振りかえると、もやっている背景の中に、たくさんのビル群が林立している、それはいま通って来たアタシの過去の風景だった。

前方には暗闇の中、終点の三角屋根がライトに照らしだされていた。

同行ふたり

(一)

谷田《たにだ》と少年が出会ったのは、北陸のある海岸だった。度の強い眼鏡をかけた谷田が釣竿をそろそろ片付けようとしたとき、近づいてくる少年がいた。茶髪でずり落ちそうなズボン、片方の耳にはピアスをしていた。

「おじさん、釣れるかい？」

仕事一筋できた谷田にとってこの種の人間と話すのは苦手だった。一週間も旅をしていると、これも一つの経験かと、自分にいい聞かせてから、今日は駄目だと答えた。

「何だ、雑魚《ざこ》ばかりじゃん」

少年は軽く言うと、眼を中古のライトバンに移した。

「東京から来たの？　おじさん」

谷田はあいまいにうなずくと、びくの小魚を海に戻した。一日座っていてもこのありさまだ、もっと釣りの事も調べておくんだった、と心の中に苦いものが走る。

「今日はおかずが釣れなかったな」

「……おじさん、おかずって、何？」

今晩のさ、谷田はいうと車の方へ歩きだした。潮風が少し肌寒かった。

少年はポケットに手をつっこんだまま、谷田の後をついてきた。無遠慮に車の中をのぞくと、「おじさんここで寝るの？」、「おや、鍋や茶碗がある」、「これは何？　あれは？」少年の眼が輝きだし、細かくきくのだった。風体よりは純なところがある奴だと、見直す気持で少年の縮れた髪を見ながら、ポツリポツリと答えた。そうだ、家を出てから人と話しもしていなかったな、と別の谷田がささやいた。

一人になって少し考えてみる、と書き置いて出てきたのだった。

「いつもあんたはそうなんだから」年上の妻のとげとげしい声が聞こえてくるようだった。親戚中にも、また特に反対する母親をも押し切ってまでした結婚だった。おれは妻のどこを見ていたのだろうか。

詐欺に引っかかった、もう一度はじめからやりなおしたい、だから一緒についてきてくれないか、と谷田は妻に頼んだ。七十三歳の妻は、私は自分で暮らせるから、とにべもなかった。やはり、妻にとって俺との結婚は、金だけだったのか。母の顔が浮かんできた。自分に残された時間を考えると、心は落ちていった。山の中で、川のそばでやはり考えてしまうのは、自分の死にざまだった。自然の中でひっそりと人に知られず死にたいものだと思った。最後まで恰好よくと。そんな淋しさに自分を追いこんだ後、悔いのないように生きたい、残りわずかな人生を、と駆りたてられる。そのような死と生の間を谷田の思考は行ったり来たりしていた。

「おじさん、おじさん」

少年に何度か呼びかけられ、谷田は我にかえった。なぜか人懐っこい少年だった。十七歳の少年の名は明といった。

㈡

「おじさん、これ火がつかないよ」

口をとがらした明は、手にマッチの燃えさしを持っていった。米をといでいた谷田は急いで水道の水をとめた。

「お前、火のつけ方も知らないのか」

少しむっとした顔の明の前で、谷田は手馴れた調子で、簡易ボンベに火をつけた。海辺の公園に人影はなかった。

「オレ、二日前に家出したんだ」

ポツリと明のいった言葉を谷田は反芻していた。

しまりの悪い蛇口から、ポトリ、ポトリと滴が垂れていた。家出なんて、俺と同じことをしやがる。谷田は明の横顔をそっと見た。明はボンベの炎を一心に見つめていた。

「まず、お湯を沸かすのだ」

谷田のいう通りに明は無器用ながら従った。いつもは自分だけの食事作りになれていたから、明が入るともたもたした気分になってくるのだった。でも、一人仲間が加わるというのは、楽しいものだった。

今晩は当てにしていたのが駄目だったからなと、いいわけがましく谷田は言うと、段ボールの箱を開けた。何がいいかと、明に訊いた。

「おじさん、やるじゃん」

明ははしゃいでいった。一つ一つの缶詰を見せながら、「ほら、デザートもあるぞ」みかんの缶詰も取りだした。谷田の明るい口調につられて、初めて明も笑顔を見せた。お前、笑い顔がいいじゃないか、ほのぼのとした想いで谷田はいった。

ライトバンの後部が座敷にかわった。ご飯とみそ汁、明の選んだ大和煮の缶詰とツナ缶が並べられ、二人が向き合うと夕食が始まった。

「そうそう、焼き海苔もあるぞ」

谷田は醬油といっしょにだした。明はもくもくと食べだした。谷田は饒舌になっていく自分がおもしろかった。

――夕焼けの中で飯を食ったことがあるか。うまいぞ。飯まで茜色に染まったみたいで。山の中で眠ったことがあるか。夜吹く風と昼間吹く風は違うぜ。なぜって、夜になると昼間吹いていた風は眠って、夜の風と交代するんだ。いつも同じ風だと思ったら大間違いさ。寝ながら月見をしたことがあるか。あのときの月は微笑んでいるようだったな。俺はずっと月と話していたけれど、眠くなったからお先にっていって、寝たんだけれど。

男のセンチメンタルだと気がつくと、谷田は話を切った。それから気を変えるように、ご飯の上に海苔をのせ、醬油をたらしてむしゃむしゃ食べはじめた。

無言の食事が続いた。

「多めに炊いたから腹いっぱい食えよ」

谷田の言葉に明は遠慮もせずに、お代わりした。谷田はそんな明の若さが気持よかった。

㈢

谷田は煙草に火をつけた。暗い車内でポツンと赤く光る火だけが、生き物のように輝いている。今晩は海鳴りを聞きながら寝ようと、車を海辺にとめたのだった。海上に漁火《いさりび》が見える。互いに何か話しているように、ひっそりとチカチカ光っている。明をいつも自分が寝ている後部に寝かせて、谷田は前の座席で横になるつもりだった。腹のくちくなった明が、今までの話をいろいろとした。いつのまにか話がとぎれたと思ったら、健康的な寝息に変わっていた。

「おじさん、オレ初めて駅のベンチで寝たよ」

明の話を思いだしていた。

中学校までは教育熱心な母の期待にこたえて、いい成績をとり良い子だった。高校は志望の私立に入れなかった。すべりどめだった学校にようやく引っかかったが、母親の落胆した顔があった。もう親の期待にはそえない、と思うと学校はどうでもよくなった。あまり勉強はしなくなった。二年生になると自分を捨てた学校生活になった。落ちこぼれ、という自分がつらかった。そのつらさをこの優しい少年は直視することができなかった。そのたぐいの感情は、彼の経験の中にはなかったからだ。毎日が空しかった。時には、少しは勉強もしてみた。とても間に合わない、という現実を彼は知るだけだった。落ちていくほうが楽だった。太いズボンをはくのも、その種の友だちがはいていたからだった。彼らはみんな明に対して優しかった。「仲間だ」といってくれた。群れの中にいると、心強かった。一番心が通じあえると思った。一人がパーマをかけると、暗黙のうちにみんなが同じ髪形をした。新しいものを誰かが買うと、すぐ仲間も買った。同じものを持つことが仲間の証だった。

「よく親がそんなに金をだすな」

谷田は訊いた。

「親なんてちょろいものさ。みんなが持っているのに、オレだけ仲間はずれになってもいいのかよ、というと、しぶしぶ出すよ。でも一回だけじゃ金はださないよ、何回も何回も言うんだ。向こうが根負けするまでさ、十発十中さ」

『金くい虫だな、こいつは』

まだ幼さの残る明の顔を見て谷田は思った。

「あいつなんて、オレのことを前とは全然違った子になってしまった、といったけど、誰がこんなにしたんだよ、点数、点数としかいわないじゃないか、オレ心の中で叫んでいたんだ」

二学期に入ると学校は受験体制になった。明はますます滅入っていった。

ある日、明は遅刻した。ぺしゃんこのカバンを持って立った校庭に人影はなく、ガランとしていた。突然、一人だという寂しさが襲ってきた。

「おじさん、この気持わかってくれよ、オレ、独りぼっちになっちゃったんだよ」

友だちは教室で勉強している、ガリ勉の奴も、オレの仲間も。なぜか自分が厭になった。こんな恰好はオレの本当の姿じゃないんだ、と何かに向けて叫びたかった。

でも、やっぱり授業が終わればいつもの仲間と落ち合って遊ぶしかない。誰かが万引きのスリルの話をした。成功したそいつは得意げにいった。オレも負けたくはなかったが、でもそこまではしたくなかった、できなかった。ある時、道ばたで財布を拾った。中には現金はなく、幾枚ものカードと運転免許証が入っていた。

「オレ、軽い気持で近くのATMで、暗証番号に免許証に書かれた生年月日を入れたが、駄目だった。今度は住所の番地を入れたが失敗した、次に電話番号でも成功しなかった」

それから数日して警官が家に来た。金を下ろそうとしたのは、犯罪だって。そのとき初めて知ったのだ。オレ、金取ってないんだよ。ただゲームのつもりでしただけなのに。郵便局のカメラにオレが映っていて、着ていた制服から学校に連絡がいって、ポリ公が来たという訳さ。

おやじに張り倒された。会社じゃ役付のおやじにとって、許せなかったんだろう。一流といわれた大学を出た男に、オレの気持なんかわかりゃしないんだ。落伍者の気持なんか。そばでおふくろが泣いていたっけ。おやじとおふくろだって、いつも言いあいばかりしているくせに、オレの事となると意見があうんだ。子供のためだなんて、これがあいつらの切り札よ。世間ばかり気にしやがって。

新しく広い家に移ったのは一年前。広い家はおふくろの自慢だった。その時からおふくろはパート勤め、おやじの文句は多くなるし、家族の話し合いなんかなくなっちまったさ。おやじが帰るのはいつもおそいし。そりゃ、たまには親の方から話しかけてくるさ。でも文句だけだよ、親はどう思ってるか知らないが。

おやじにぶたれてオレ家を出ようと思った。

行く先は前に住んだことのあるここを思いだしたんだ。転勤でいろんな所に行ったけど、ここが一番良かった。近所に優しい独り暮らしのおじいさんがいて、小学生だったオレをとても可愛がってくれたんだ。金は八百円しか持っていなかった。自転車で道順はよく解らなかったが、海の方へ出ればいいだろうと考えた。電車の線路に沿って来たんだ。途中まで来たら夜になってしまった。どうしようかと思った。そうだ、駅がある、そこでとまろうと決めた。木のベンチで横になっていたら、知らないおばさんが来て、いくら夏でもここじゃ明け方は寒いから、といって毛布と枕を持ってきてくれた。うれしかった。オレ、どうしてお返しすればいいか、寝ながら考えた。金は少ししかもってないし、まだ途中だし、朝、おばさんに会ったとき、『おばさん、ありがとう、オレ、今金ないから、お礼に』っていって、肩を揉ませてもらったんだ。世の中には親切な人がいるんだな、とそのとき思った。

そして、ようやくここに着いたら、訪ねるおじいさんは死んじゃったんだって。おまけに自転車はぶっ壊れるし、オレ、どうしようかと思って、海の方へふらふら歩いて来たんだ。

『そうか、どうりで腹がへっていたはずだ』谷田は心の中で呟いた。

谷田は煙草をもみ消し、窓をあけて吸殻を投げすてた。潮風が狙っていたように入ってきた。明は自分を落伍者といっていたが、でもいいじゃないか、これからの人生は長いのだから。いつでも取りもどせる。俺こそ人生の落伍者だ、と谷田は思った。

電気系の技術学校を出て、町工場を経営してきた。仕事熱心と腕の良さで、財産もできた。八歳年上の妻スミは再婚だった。

彼が学生時代に盲腸で入院したとき、付添婦として看護してくれた。彼にとっては初めての女だった。

スミには病弱な夫と、男の子が二人いた。谷田家はその辺りでは資産家として名が通っていた。谷田の身内全員が二人が一緒になることに反対した。特に一番反対したのは母親だった。子連れのスミ、あの女は金目当てだ、と。

上の子供をつれて二人は駈け落ちした。郊外の小さな工場でひっそりと三人は隠れるように生活していた。突然、居所をつきとめた夫がナイフを持ってきて、スミを襲った。『そうだ、あの時俺は裏口から逃げ出したが、スミは夫に刺され救急車で病院に運びこまれた』そのあとのあれこれは考えたくもなかった。母に嘘をいって、金を作ると、夫にその金を渡し、離婚届に判を押させた。そして、ようやくスミと結婚したのだった。

谷田には、実家に対するプライドがあった。親戚はほとんどが資産家だった。彼は負けたくなかった。いつか見返してやろうと、働きだした。そのことも仕事のバネになっていた。

所帯を持ってから、年上の妻の気の強さが、谷田の弱さを補っていい方向に廻っていた。しかし、年月がたち、ある程度の金ができ、小規模ながら一人前の経営者となっても、彼を見下すような妻の態度は変わらなかった。彼女にとって谷田はいつも頼りない年下の男だった。二人の間には年の差のコンプレックスが横たわっていた。年下の夫をコントロールするのは、年上の妻が棄てられないための防衛かもしれなかった。

妻との間に子供はできたが、最初の子は流産だった。谷田が望んだ二人目は早産で生まれて五日後に死んだ。妻はヘビースモーカーだった。谷田がいくらタバコを止めてくれといっても「てめえも煙草を吸ってるじゃないか」と開き直ったような口の利き方だった。〈あの子が生きていたら〉この思いはいつか、谷田の中でしこりの一つとなっていた。妻の連れ子の武は、養子にしていた。谷田との間に子供が生まれたら、自分の子はどうなるか、血は水より濃いといわれる、それも妻の防衛だったのか、そんなぼんやりした不満もふえていった。自分の仕事を武に継がせる、そう思って武を見ると、素直な男だと思っていたが、無気力な奴だとわかってきた。

裸一貫から叩き上げたような谷田にしてみれば、同じように仕事に喰らいつく姿を武に期待したが、駄目だった。一緒に仕事をすると、武は谷田のいう事を一応こなすだけだった。ミスを指摘すると厭な顔をした。彼の望みの第一は仕事でなく、妻と子供だった。

『お前は好きな道を行け』ある日、孫にいっている武の言葉をきいたとき、谷田の最後の望みは崩れた。なんで俺はこんなに一生懸命働いてきたのか。孫に継がせることを期待したのに。谷田にとって家というものがある意味で大事なはずだった。〈あの子が生きていたら〉また、短命で逝った子供の面影が浮かんできた。あれこれの不満が渦巻いていた。妻のスミとは喧嘩が絶えなかった。俺が倒れたらどうなるか。谷田はいつ来るかもしれないその時を思って焦った。

妻と武が谷田の姿を見ると、今までの和やかな会話を止めるように思われ、谷田はだんだんと自分の殻に閉じこもるようになった。早くどうにかしないと、と焦る谷田にとって、一番心強いのは、金だった。それは谷田を強く勇気づけてくれた。

一時は開発した小型モーターで、繁盛していたが、時代の流れで事業もグレーになってきた。ここらが切り替えどきかもしれない、と思っていたときに現われたのが、川島だった。

特許申請中のエコのモーターを開発したので、会社を作るから一緒にしないかと誘われた。彼とは古いつき合いだった。社長待遇なら悪い話じゃない。谷田はその話に乗った。六十五歳の出発にはいい話だと思った。有り金のほとんどをつぎこんだ。金は面白いように引き出された。谷田は眼を細めてそれを見ていた。谷田が見ていたものは、未来への希望だった。

社長になったらと、自分だけの部屋を借りた。カーペットも敷いて応接セットも買った。こんな家ともおさらばだ、『お前たちとも長い付き合いだったが』谷田は心の中で家族に呟いた。やっとここから出られる、彼の人生はばら色のはずだった。

そのばら色の夢はどのくらい続いたか。

わずか一年で谷田は丸裸になっていた。詐欺にかかったのだった。川島の態度に不審なところはいくつもあった。その点を突くといつも、川島は話をそらした。それは後から冷静になって考えると納得するものだった。心が浮き立っていた谷田はそれらを皆善意に解釈した。川島が莫大な借金を背負っている事は、友人の何人かが知っていた、その話も後できいたことだった。

工場を売る話も、その代金をすべてくれとスミはいった。別れ話はこれまで何回もあった。妻のスミの正体をはっきりと知ったのは、八十過ぎた母を一ヵ月家に預かったときだった。『てめえの親は自分で看ろ』と仕事をしている谷田に声を荒らげたものだった。スミは昔のことを恨み、報復したのだろう。

どうして妻は俺と結婚したのか、どうして母をはじめ親戚中が反対したのか。谷田は妻の裏側を知ったのだった。谷田は夢から醒めた。ちょうどオセロゲームのように、白い駒が次々と黒に変わるように。

そうすると、ぼんやりした不満のなかで、どうして自分との間に子供を作らなかったか、それも妻の計算かもしれない。女にしかわからない疑惑も、夢から醒めた今、はっきりと浮かび上がるのだった。狼狽《うろた》える自分を妻と武が陰で嘲笑っている姿が見えるようだった。

ばら色の出発は失敗した。

今まですべて順調だったのがいけなかったのだろうか。ドジを踏んだ自分をせめるしかなかった。これからどうすればいいのか。パチンと破れた夢を捨てるために、部屋を解約し、カーペットも応接セットも売った。谷田家に於いて戸主の彼は完全に孤立してしまった。

仕事、仕事、仕事できた彼が、ライトバンに当座の日用品を積んで旅に出る、これは谷田にとって、初めての休暇だった。彼の心には重い課題が潜んでいた。

㈣

二日が過ぎた。谷田はこの少年にある親しさを感じている自分に気がついた。一人で運転している時とは違う自分があった。少年に対する温かさを谷田は素直に表わすことができた。家族の中で谷田が一方的に拒否した部分だった。妻への不信感が徐々に増し、彼の心は少しずつ閉じていたのだった。

丈の高いとうもろこし畑の中を車は走っていた。前方に延びる白っぽい道は永久に続くかのように見えた。すれ違う車は少なかった。畑の間から思いだしたように、家がポツンと現われるが、すぐ緑の景色が続くのだった。

どのくらい走ったか。

「おじさん、エンジンの音が変だよ」

「ポンコツ車だからな」

谷田は車を止めた。そして、道具箱から工具を出し、手早く直した。手馴れた作業だった。

そして、視線を移した。すぐそばの家の外にある水道を見つけると、

「あそこで、手を洗わせてもらおう」といいながら、しゃれた洋風の家に向かった。

庭に面した部屋の戸は開かれ、レースのカーテンは端に寄せられていた。大きなよしずが立てかけられている部屋からは、テレビの音がかすかに聞こえる。

「ごめんください」

谷田はあけられている玄関に立つと、声をかけた。二回呼んだが答えはなかった。もう一回呼んで答えが無かったら諦めようと谷田が思っていた時だった。明はぼんやり庭を眺めている。

少し間をはずした頃にそっと女の顔がのぞいた。四十過ぎと思われる色の白い人だった。そして水道ならどうぞ勝手に使って下さい、と不愛想にいった。訛りはなかった。それから谷田の後ろに立つ明を一瞬見ると、おや？ という眼つきをした。

庭には荒れた芝生が一面にひろがり、片隅の赤い色が強く眼をひいた。暑さが鶏頭《けいとう》の花に凝縮されていた。谷田は汚れた手を洗ってから、眼鏡をはずして顔も洗った。濡れタオルで首筋をごしごしふいた。涼しさもすぐ熱風が奪っていったが、さわやかさが心地よかった。明も谷田の真似をしてこちょこちょと拭いた。

二人がもう一度玄関に立つと、女の態度は打ち解けた様子に変わっていた。まるで決まっていたかのように、扇風機がおかれ、女は夏座布団を二つ抱えると、

「涼んでいらっしゃいよ」と親しげにいった。

一歩室内にはいるとひんやりした空気だった。広い玄関に、壁面には細長く下駄箱がはめ込まれ、その上には外国製らしい花瓶があった。花は活けてなくてうっすらほこりがたまっていた。

女は明に向かい、

「いくつになるの？」

と訊いた。

「十七です」

明の答えをきくと女はうなずきながら遠い目つきをした。そして、二人を見ながら、

「いいわね、親子で旅行なんて」

羨ましそうだった。谷田はあいまいにうなずき、明は顔を伏せた。

「あなた方を見ると、どうしても私どもと比較してしまって」

女は話しだした。

「主人には、すぐお前は人と比べるからいけないのだと、言われるのですけれど。息子も十七歳でした。背恰好がとてもあなたによく似ているものですから……。お名前はなんていうの？」

「明」

無表情に明はいった。

「そう、いい名前ね」

女は谷田に向かっていった。しみじみとした口調で、

「一人息子だったんですよ。春にオートバイに乗って、ガードレールにぶつかって……。行きたくないという高校へ無理に行かせたのがよくなかったんでしょうか。とても荒れましてね。私にも突っかかってくるし、どうしようもなくて主人に相談しても、仕事がいそがしい、の一点ばりでしょう。家のことぐらいきちんとできないのか、と怒られるだけでした。そのうちオートバイを買いたいと、やいのやいのいうんです。その頃、私自身が迷っていました。買っていいのかどうか。友だちはみんな持っているっていうし。今までも考えながらやってきたつもりでしたが、なかなか私の願いとは違う結果になることが多かったもんですから。でも、乗りたくてしょうがなかったんでしょうね、友だちのを借りて乗っているうちに……」

言葉の語尾には涙が含まれていた。

その場の沈黙を埋めるように、扇風機が低い音を響かせながら、左右に首を振り風を送っている。明は外の遠い空を見ているようだった。家に帰りたいのかな、明の心を谷田は思った。自分の生き方を仕事で区切って生きてきたような谷田にとって、この手の話は苦手だった。どう相槌を打っていいのか分からなかった。誰にも打ち明けられなかったという心の苦

しみを、この人は行きずりの自分に話すのだろうか。どこのだれとも知らない自分に。

息子の死後、夫とは不仲になり、今は別居中だという。

「といっても出張の多い人でしたから、そんなに変わりはないんですけど」

女がまた話をつづけたとき、谷田はよく動く女の口元ばかり見ていた。少しすると話がとぎれた。谷田は立ちあがると礼をいった。女はここからちょっと離れているけど、隣町のお祭りに行ってみたら、といった。

「家族三人で一緒に行ったお祭りなんですよ。最初で最後になったのだけれど」思い出がつきぬ口調だった。


谷田はハンドルを握りながら考えていた。あの人は、自分と明を親子と見たのだった。本当のことを話したら、女はどう思うだろうか。谷田も女のあんな細かい話を聞かなかったら、幸福な家と思ったに違いなかった。

夫と妻、子供があってそれを家族というのだろう。さまざまな理由ではみ出た自分と明がいた。そして別居中というあの女も。自分が夫、明が子供、そしてあの女が妻とすれば、名のみの家族が揃ったという事になる。それはただ役割だけの安易な家族ゲームの一シーンにしか過ぎないが。ただ名前だけの家族だった。それがついこの間まで演じていた自分と重なったとき、谷田はやりきれなさを感じた。

現在から見た未来、確かな明日を持つ人はいるのだろうか。みんなあえぎあえぎ生きているのかもしれない。俺には信じられるものなんか、何もない。生まれるときも、死ぬ時も身一つだ。俺には禅の悟りのようなものもない。

白い土埃をまき散らしながら、乱暴に運転する谷田と、助手席に明を乗せた車は、フルスピードで一点をめざして走っていくようだった。

㈤

「おじさんはこれからどうするの？」

インスタントラーメンを食べた後、訊いたのは明だった。名所といわれる滝にある広い駐車場だった。谷田はコーヒーを飲みながら、

「そうだな、これからどうするかな」

答えを探るように考えながらいった。彼の頭の中には、残りの金額がうかんでいた。まだ旅はできる。

「もっと北の方へ行くかな」

谷田は最近ふっとうかんだ名案があった。どこかの老人施設で雇ってもらって、老後を看てもらうのはどうだろうか。手先は器用だし、電気系統ならお手のものだ。いろいろ役に立つはずだ。しかし、世の中はそんなに甘いものじゃない、という否定した考えがすぐ浮かんだ。

「それよりお前はどうなんだ」今度は明が黙る番だった。

「まあ、いろいろあるけどな」

谷田は立ちあがった。

「さあ、出かけよう、祭りの町まであと一走りだ」


提灯に火が入り、祭りは始まっていた。夜空に赤いほおずきの様な提灯の灯火が、縦十個、横も十個、すだれのように一面に並んでいた。その光のすだれは、ろうそくの光が灯しだす、遠い昔を再び呼びおこすような、なつかしさを表わしていた。揃いの浴衣に、赤いたすき、酒のはいった男たちは、祭りにも酒にも酔っていた。山車《だし》の中からは賑やかな祭囃子《ばやし》が聞こえて、祭りを盛り立てている。その周りで、肩車された子供の眼は輝いていた。その親子も山車といっしょに歩いている。

谷田と明は、その光の提灯を見上げていた。

「これから、駅前広場では、各町内からの山車が一斉に集まるんだ」

隣にいた男が若い連れの女に言った。

谷田は祭りにも酔えない、光の輝きにも添えない自分を感じていた。彼はその場にさえ立っていない空っぽな気持だった。明の横顔の眼の中に、灯火でもない、キラキラした光を見たように思えた。明を親の元へ帰さなければならない、谷田は心の中で呟いた。明は輝く灯火の中にいるように安らかだった。祭囃子のばちの音が、谷田の心をかき回す、会ったこともない明の両親の鋭い視線と重なる。

明日この町を出たら明と別れようと谷田は心に決めた。

光とそして囃子の音が余韻を残しながら、立ちつくす二人の前を通っていった。

暗がりの中、広場へいそぐ人影が多い。これから始まる提灯の行列を見るため、人びとは移動を始めたのだった。取り残されたような二人の眼に、はるか向こうの小高い丘の上に、遠く輝く光の山車が見えた。やはり広場へ向かうのだろう、坂道を揺れながら行く。かすかに太鼓の音も聞こえるのだった。

谷田はその光を見つめながら、海辺で会った明の顔を思いだしていた。明日は一人一人になろうと決めた後だった。なぜか人懐っこい少年だった。

『人を信じてもいいのかもしれない』突然、ふっと湧いた感情だった。その思いが谷田の見つめている遠い光と重なった。未来を信じてもいいかもしれない、谷田は心の中で呟いた。

光は大きくうなずくように、ぐらりと動くと見えなくなった。二人が立ちつくすそばを、広場へ急ぐ小走りの人影はまだ続いている。

時に佇む

――雪の朝――

カナダに転勤した次男の敬志《たかし》から電話があった。十一月だった。

突然の電話に明るく出た洵子《じゅんこ》だったが。

現地に適応できないという息子の重い声だった。

「ここに来て、ミホと娘のアキは楽しそうにしているけど、オレはどうしても……オレは……」

孫のアキも現地の幼稚園にはいったという。帰国子女の嫁のミホの楽しそうな姿が浮かぶ。

洵子は、彼女の笑顔をここ数年眼にしてない。

敬志が新しい土地に移って、約四ヵ月が経っていた。呼びよせる家族のために、彼はひとあし早く、夏の間に移っていた。

会社から、レポートを提出しろともいわれていると。

「しょうがないね」

洵子は溜息をついた。

最後に、敬志は前にも電話した時、ちょうど家にいた夫とも話した、といい、『おふくろには、黙っていような』と決めたのだといった。

それから、二度目の電話があったのは、数週間後だった。

「おふくろ、またレポートを書けというんだ」

洵子は返す言葉がなかった。

カナダからの声は続く。

「会社では、レポートを出せと、しきりにいうけどできないんだ」

「上の人にいっても駄目なの」

洵子はそんな当たり障りのないことしかいえない自分がもどかしかった。

会社から電話しているという。

「そんなこと、そこで言ってもいいの」

「大丈夫だ、オレのデスクは個室にあるから平気なんだ」

自宅で電話はかけられない。以前からの妻と洵子の家族との確執のため、敬志はまた、この電話も秘密にしているのだった。秘密が多い夫婦、これも洵子がひっかかっている一つだった。

眼をこらして見れば、結婚前後からの、ある起点から伸びた一筋のひびが、深く長く亀裂となって現存し、妻と実家の間に立った敬志を悩ませていた。二人の結婚生活は六年になっていた。

前回の時は、外国に適応できない悩みだったが今はレポートが書けない苦しみをいう。

「上役の人にいっても駄目なのかしら」

外国、会社、と主婦の洵子にとって想像もできない世界だし、解決のアドバイスもできない。

洵子はこの電話の敬志に対してどう答えればいいのか。困ったあげく浮かんできたのは、十年前のことだった。

敬志が入社したのは、大企業といわれるユニバーサル会社だった。

テレビが好きで理工科をでて、希望して入ったのだった。職人の夫は、「いつでも厭になったら辞めろ」といっていたし、商家で育った洵子も、サラリーマンの世界を知らない。元来、学歴や、肩書に無縁ということもあるが、見栄をはらないことが夫婦の共通だった。

入社した敬志は、亡き母から相続した洵子の大田区にある古いアパートの一室に住んだ。

勤めて三年目に軽い鬱病になった。妙な電話をよこして懸念した洵子が彼の部屋を訪れると、首にゆるくネクタイを巻き押し入れの中で横たわる息子の姿を見つけて驚き、すぐ埼玉の自宅につれ帰り、病院で薬をもらい、数ヵ月の休職の後、復職した。その後、会社の嘱託医が完全復帰まで彼をサポートをしてくれた。

あのときは、亡くなった母が助けてくれたのだと、洵子は勝手に解釈していたのだった。

「また、病気が出たのではないかしら」

敬志は無言だった。

「カウンセリングというのは、そっちの方が進んでいるはずの外国にいながら」

これも彼の心に届かなかった。洵子も手応えのない自分の言葉が空回りするのを感じた。結婚して家族をもち、物理的にも遠い手の届かないところに行ってしまった息子。進んでいる外国といっても、悩んでいる敬志と結びついていなければ、なんにもならない。会社は以前の彼の病気のことは知らないのだろうか？　あの国で嘱託医制度がないのだろうか、いずれにしても問うことが多く、洵子に答えはないのだった。

次に洵子の頭に浮かんだのは、不機嫌そうな嫁の顔だった。

彼女は、敬志に『ガンバレ』と言っていないか？　その言葉が、禁句だということも知っているのかと、洵子は自分を振り返った。以前ボランティアをしていたとき耳にしたのだった。それも、深い内容もしらない、息子がその病になる以前から、洵子の知識の一つになっていた。

その言葉が内容を伴って広まり常識となるには、もう少し時が必要だった。

洵子にしてみれば、この彼の苦痛は会社にもいえない、まして嫌われているミホにも直接話せないことだった。

社内で結婚した三歳下のミホは、敬志の父の職業を、大工といわずに、設計士と嘘をついて、両親からひどく怒られたということだった。

その情報は、洵子たち一家への差別として、深い亀裂となっていた。『実家とは縁を切りたいといったというミホの言葉が、あの暗く無表情な白い顔と共に浮かんでいた』そして、同時に『私たちは何も悪いことはしていない、大工がそんなに蔑《さげす》まれることなのですか』といいたかった。だれに？　そう誰にだろうか？

そう、嫁に、そして嫁の実家に、世間に。しかし、自分も、小学生のとき、言葉には現わさないが、同じクラスの大工の息子を、心の底で蔑んでいたことを思い出していた。……そう過去の自分にも。嫁のことからの連想の広がりを洵子は切り、

「ミホさんにいって、鬱病関係の本を読んでもらったら？」

「今のオレにはその気力もない」

敬志はそういうと電話を切った。

『死んじゃだめよ、生きるのよ』どうしてあの時、言わなかったのか……。その時の洵子は息子のカナダでの不適応と、会社のレポートの問題にしか眼をとめていなかった。鬱の再発という考えも、医療関係者には常識ともいえる知識も……なかった。


ちらちらと降っていた雪が、強い風に舞っていた。

大晦日からふりつづいた雪は、あたり一面を白一色にしていた。

二車線の道路から脇に入った細い路地にある洵子の家は、通りぬけることもできないため、用のある人だけが利用する、普段も静かな所だった。正月でも、子供の声もきこえない。この一角は、いつも変わらぬ景色をたたえ、静まっていた。三十年以上も住んでいるここらあたりの大体の家庭は子育てを終えて、一様に老いを迎えていた。

『いつまで降るのかしら』

洵子は心の中で呟いていた。

こんなに雪の多いお正月もめずらしいわ、彼女はつづけて思った。

つけっぱなしのＴＶからは、にぎやかな笑い声が沸いている。

元から会話の多い夫婦ではなかった。無口な夫と、おしゃべりな妻、洵子たちもそんな典型だった。ところが、夫が六十歳を迎えたとき、いつも無口な夫に、『これからは、べらべらとしゃべるな！』と宣言されてからは、心の中でのひとり言が多くなっていた。

子供たちがそれぞれに家をはなれてから、二人だけの正月を迎えてから、数年がたつ。大晦日に、洵子の方から夫を求めて一緒に床に入り、夫婦の営みもしたその習慣も終わっていた。

門松は嫌いだ、いらないと言っている夫は炬燵に入り、半纏を着て、酒をのんでいる。普段、昼間は飲まないが、今日は特別だと。それが彼の正月かも知れない。居間のカウンターの上には、松、菊、千両と盛られた花々が黒色の水盤に彩りよく活けてある。一年に一回昔習った花を生ける。これが洵子の正月だった。

深夜、除夜の鐘を突くために、近くの寺に親子四人で出かけたのはいつのことだったか。帰りにラーメンを食べたこと、家庭の昔のなつかしいシーンが数々浮かぶ。車で、板橋の実家から帰ると、子供たちは寝入っていて、抱えて車から降ろしたこと。たしか、三、四歳の頃だろうか、あの何気ない日々の流れがなつかしさを伴って浮かんでくる。

理性で処理する男性には、過去など語るすべもない。

十歳違いの夫の正次とは、言葉少なく、三十数年を過ごしていた。

平凡な見合い結婚だった。家に出入りしていた保険の外交員のおばさんの紹介だった。高校を卒業して、洵子は就職した。勤めて三年足らずで結婚したのは、洵子が実家を出たいためだった。実の母が病死し、少ししてから新しい母がきて、義理の妹と弟ができた。商家で豊かに育った洵子は、一人娘だった。

もう父は私一人だけの父ではなくなった、と孤独を観ながら自分を納得させようと試みた。父との新しい家族の親子四人が寝ている隣の部屋で、タンスの上にあったテレビを音をしぼって立って見る。なぜか切なかった。新しい母は気を遣ってくれたが、所詮父の方をみているのだった。もうこんな窮屈な生活はいやだ。自分の居場所を探したかった。家族の頭数には入っているが、一人取り残された気持は大きかった。ある意味では、自立の時が来ていたのかも知れなかった。それを自覚するには、時が必要だった。

家を出る算段を考えた、寮に入るか、住み込みの仕事を探すか、最後に残ったのは結婚だった。

二度目の見合いで決めた。早く決めたのは、家の事情もあったし、洵子が会社でひそかなトラブルを抱えていたからだった。

洵子はある生命保険会社の事務職で、集金の集計の係だった。和服姿の似合う集金員に、『お母さん、がんばって』と洵子は言った。洵子の実の母は、着物が好きだった。この何気ない言葉が、彼女を怒らせた。なぜか息子までが、会社に怒鳴りこんできたのだ。あの時の狼狽《うろた》えた自分を見る。ひとり途方にくれていた。心のままに懐かしく思って声をかけた温かいはずの言葉が、トラブルを引き起こしたのだった。どうすればいいのか、引きもできず押しもできない。他所の人となった父に話すわけにもいかない。この会社でのトラブルのタイミングにおきた見合いだった。

初めの見合いは、病気のため、税務関係の仕事を家でしているという五歳年上の男だった。父は、彼の家を見に行ったらしい、『あんな、ぼろ家では、駄目だ』。その人とは、映画を観に行ってから、ボートに乗った。映画は『終着駅』だった。母と同じ結核を患ったという事を聞いて、断った。

そして、次に見合いしたのが、夫となる山西正次だった。板橋に住んでいて、父親はなく、七人兄弟の次男、ケースの職人として働いているという、十歳上の三十二歳だった。

ある夜、「お前はどうしても結婚するのか」と、父に念を押された、言葉の端々に反対意見がにじみ出ている。ここで、父に今の家の居心地の悪さをいっても、どうにもならない。父を苦しめるばかりだ。洵子は何もいわず、うなずいた。父は「あそこは、兄妹皆で協力して家を建てた、仲がいいだけがとりえだ」と吐き捨てるようにいった。『仲が良いことはいいことではないの』洵子は疑問を持ちながら、心で反問していた。あの時父が想像していた洵子の夫はどんな人だったのだろうか。

十二月に会い、三月に結婚した。

新婚旅行は、京都だった。ちょうど新幹線が開通したばかりで、式に参列した物見高い何人かが、見物がてら東京駅まで見送りに来てくれた。

京都の柊や旅館の初夜、蒲団のシーツに赤い印がついた。

夫の実家のそばに家を持ったら、と勧められたが、二つ先の駅のアパートを借りて新しい生活がはじまった。日々の暮らしで驚いたのは、互いの生活の中での細かい差異だった。たとえば、ご飯が炊きあがったあと夫は、すぐかき回さなければいけない、というが、実家はかき回さずそのまま、といった次第。こんなちいさなことから、擦りあわせなければ、生活は成り立たないのだった。

結婚して数年後、車を買う段になって、洵子のイメージでブルーだと思っていた車の色が、茶色でとどけられた時、いかに私たちはコミュニケーション不足なのかとしみじみ感じたのだけれど、だからといって怒ることもなく、それがワタシたち夫婦なのだと、感情を呑みこみながらも洵子は生活を続けてきた。

門松もいらない、という正次には、宗教に熱心な実家との大きな違いがあったが、それも自分たちのつくる山西家の決まりとなれば、夫に従う。別に他人に迷惑をかける訳ではないから、スルーできるのだった。

洵子が過去を捜している時でも、テレビでは紋付姿のコメディアンと晴れ着姿の女子アナの会話のやりとりがあり、笑い声がわいていた。この部屋の空間を占めるのはテレビだった。

オリンピックの時に長男の健一が生まれた、ハネムーンベビーと呼ばれた。

翌年、敬志が生まれた。

夫の正次は、年子の子を持つことに反対だった。そのための手術の現金を手もとに置いていた。ある時、見知らぬ女が訪ねてきた。

洵子がアパートの窓で洗濯物を干しているのを見つけてのことだろう。騙しやすい若い主婦とふんだのだろう。「私は、XXデパートのものですが、今近くのお得意さんに、洋服の生地を持って伺ったのですが、あいにく留守でした。そこで、この生地はとてもいいものですから、折角もってきたので、このまま帰るのもなんですから若奥さまにお安くお分けしようと思いまして」中年の女は親切そうにいった。

洵子は安い、得だという言葉に惹かれた。値段をきくと、ちょうど手術のためにとってある金額で間に合った。一瞬詐欺かと思ったが、その日は、亡き母の祥月命日だったので、その縁を信じて生地三反とひきかえに代金を払ったのだった。

そして、その女が帰ってから、いそいで女のいうＸＸデパートに電話した。応対に出たのは、テープの声で、本日は定休日だとしらせてきたのだった。

出産のとき産気づいた洵子が、産院に駆けつけ、病室を聞いたとき、「去年も来たから判るでしょう」看護師が笑いながら指さした。

その時生まれたのが、敬志だった。

洵子は結婚しても、心は実家の生活の続きで、経済のことは何も考えなかった。貰った月給は月の半ばでなくなった、夫を父の代わりのように、『無くなったからもっと頂戴』といって、手を出し夫を驚かせたことは、だいぶ後、仕事仲間の人からきいたが。そののちは、妻は生活費だけ貰う事になる。

そして、いつの間にか、その生活費が渡されなくなった。

その間には、数年間の流れがあった。従業員三人の小さな町工場だった夫の職場は、巣鴨で店のショーケースなどを造っていた。

社長の方針で大量生産の家具をつくるため、工場が草加に移転したのだった。従業員も増えた。数年して、臨時大工の仕事のうま味を知った仲間が、会社をやめてグループを作り夫も参加した。しかし、儲けの多い臨時仕事はとぎれがちだった。

結局半年ほどして、夫は『便利な大工』を標榜して、開業したのだった。

チラシをまいて客を待つ日々。営業もせず、友人関係も皆無、仕事一筋の職人だった。もし、電話が掛かってくると、大変だった。そんなにすぐ返事が出来るかと、洵子は叱られる。

ある時のことだった。「もしもし、旦那さんの気持がお変わりになられたでしょうか？」

先日見積もりに行った婦人客からの電話だった。

『あの人は、安く上げてくれ。塀を造るのに、古材でいいからと、言われたけれど、古材は高くつくといったんだ、同じ材料を探し、またそこに釘などあったら、抜かなければならない。だから高くなると言ったんだ』

以前の夫の言葉を思い出していた。

「少しでも安い方がいいので。なんせ年をとっているものですから」

洵子はくぐもりがちな声で、

「すいません、主人の考えは変わっておりません、ごめんなさい」

謝るしかなかった。

このような状態で、生活は苦しくなり、洵子は内職をした。造花の仕事だった。作業する洵子のかたわらで、近くのガラス工場の森田さんがたまに遊びに来た。

「いつか旅に出たいな」

笑いながら森田さんは夫に話しかける。工場を息子たちとしているがっしりした体格の人だ。顔はごついが、白くなったひげづらで眼鏡をかけていて、優しさが眼にやどっていた。

『こんなに生活がさしせまっているのに、旅に出る、なんてのんきなことを』

洵子は手を動かしながらも、恨めしい気持で聴いていた。「旅に出るなら、合羽からげなくちゃ、なあ」

お茶を飲み、笑いを交えての男たちの雑談だった。

そして、子供の日には、二十個の大量の柏餅を持ってきた。夫が失業中の家族を慰めてくれたのだった。

洵子は内職では食えないと、アルバイトを始めた。夫を責めることはなかった。しかしいつかは仕事をしてくれるだろうと、ほのかな望みがあった。金銭の頼みは父だったが、そうそう頼めなかった。

洵子が働くと、当然主人は主夫となる。

洵子は短期で働き、止めるときには、『父親が病に倒れて』と何回父親を病人にしたことか。

いろいろアルバイトした中で、マネキンという職種が長かった。一日の賃金が高いのだ。スーパーでは、互いに「おねえさん」とよびあう。その日限りの出会いだった。

デパート、モーテル、いろんな仕事をした。

その当時は辛いと思ったことが、最近になると、貴重な体験となっていたことを知った。時は魔法使いかも知れない。一人娘でわがままだった洵子が、人生で勉強させてもらった事になるのだった。

結局、親切な森田さんの口利きで、夫は近くの大工の棟梁のもとで働くことになった。


突然、電話が鳴り、洵子ははっと我に返った。

「明日は、四時ごろでいいのだろう」長男の健一からだった。

何か持って行くものはないか、二日に家での新年の集まりのことだった。

「今年は敬志が海外だから、寂しいな」

洵子は昨年末に、会社から来た電話のことを思い出した。なにか懸念はあるが、過去にそれらを流していた。健一にいっても、と洵子はその事を黙っていた。

「そうそう、敬志と五反田の居酒屋で、親子三人で飲んだんだよ」

「そう、いつだったの」

「行く前、夏だったわ」

「オレもいつか親父たちと飲みにいきたいな」

そういうと、健一は電話を切った。

そうだった。あの夏の暑い夕方、私たち親子三人が会ったと、洵子にその時のシーンがよみがえってきた。

待ち合わせの五反田駅前の夜の街は、さまざまな色の光と入り混じる雑音と、そして行きかう人々で賑わっていた。

「敬志はまだですね」

洵子は改札口の人の流れを見ながら、傍らの夫にいった。

時計は七時半になろうとしている。

改札口で七時と指定したのは、品川の会社から来るはずの次男だった。

いつも月末に西馬込のアパートの集金に行く、私たちを知っている、息子が待ち合わせ場所を決めたのだった。実家の埼玉で会うより、東京に出て来るのなら、こちらがいいでしょうというわけだった。

「カナダへ行く前だから忙しいんでしょう」

転勤の前に、会いたいといって息子が電話をかけてきたのは、先週のことだった。

『ミホは会っちゃいけないといってるんだ』

そういう彼の言葉に、洵子は黒いトゲを感じる。

そんな事をいう権利が嫁にあるのだろうか？　結婚いらい、さまざまな行き違いがあった。洵子は何もできず、息子の敬志からもれきく言葉の端々を、胸をいためてきいていた。実家の親子間を命令する。それは、彼の家庭での妻の位置を現わしていた。

流れの中から、背の高い敬志を見つけた。

「ごめん、急な用が入って遅れた」

眼鏡をかけたやせ気味の息子は、早口でいった。

結婚した息子と、こうして外で会うのは初めてだった。久しぶりで、大きくなって昔の子供が還ってきたようで、心が弾んだ。

駅前の広い通りを横切り、少し路地にまがり、三人は暖簾のかかった居酒屋に入った。

「ミホさんは会っちゃいけないって言ってるんだって」

はじめに口を切ったのは、洵子だった。どうしてそんなに命令して、意地悪をするんだろう。そのセリフは口もとまで出かかっている、洵子の口調には不満がこめられていた。

そこには、母親にコントロールされる娘のミホがいた。どこかの旧家の出のミホの母親と、エリート社員だという父親と。

敬志は母親をなだめるように、「でも会社の仕事だから、といってきたから大丈夫だ」といった。嘘が必要な家庭だった。

結婚して六年の時が積もっていた。互いの家の間に深い亀裂が進み、こちらとは縁を切りたいといったという嫁だった。

ビールがきて、三人はささやかな乾杯をした。

「カナダへ行くんだって」

「そう、上役の部長が取り上げてくれたんだ」

洵子と夫の正次は、眉毛の濃い陽やけ気味の息子の顔を頼もしげに見た。親戚はこの敬志を称して、「鳶が鷹を生んだ」ともっぱらの噂だった。自力で努力して自分の道を進む。なぜ親が大工だったら卑下されるのか。

「ミホは今度の海外勤務をとっても喜んでいるんだ」

小顔で目のくりくりした彼女が、アメリカでいろんな所に行ったことを話していたことを思い出した。

日本に帰って、英語が出来るなんて言うと、いじめのターゲットにされるから、目だたないようにしていました、帰国子女の常識です、と。数少ないいくつかの彼女の言葉の中の一つだった。海外転勤の多い、多分エリート社員であろう父親と、旧家の出といっている母親。敬志からこぼれる言葉の端々から、自分なりの推察をして洵子はおぎなっていた。ミホの両親の経歴には関心がなかったが、息子の敬志が父親の仕事のために差別されるとなると、洵子の心が騒ぐのだった。

父親は設計士と親に嘘をついて、両親に怒られたミホは、実家の、特に怖い母親の顔色をうかがっているのだろう。

転勤前に、実の親と会ってはいけないと命令する嫁は、まだご機嫌斜めな母親のコントロールのもとにいるのではないか。

テーブルの前の敬志は、ビールのお代わりをし、夫は日本酒を飲みはじめていた。

敬志は、浪人の時、予備校に行き、その費用は新聞配達をして返してくれた。一流といわれる大学を選んだのも、会社を選んだのも自分で、自力でがんばる息子であり、誇らしく、尊敬できる息子だ。しかし、結婚を機に、敬志は新しい家族をもち、もう親は口のだすところではなく、黙っているしかないのだと思いながら敬志の顔を洵子は見ていた。時間が進んだとき、敬志はこんなことをいった。

「オレがここまで来られたのは、ここにいる親父とおふくろのお蔭だと思っているんだ」

この言葉に、私たち夫婦はあわてて、こんなことをいった。

「とんでもない、敬志はよく自分の力でここまで来た、おれたちはとても誇りに思っているんだ」

「そうだよ、至らない私たちだったのに」

よく育って、という言葉を呑みこんで洵子は言った。

海外へ行けば、また会えるのは何年先か分らないのだという思いが根底にあった。

居酒屋を出ると、もう路地の所では、一組の酔ったグループが大声でわめいていた。

少し歩いた空き地で、親子三人は、肩を組んで丸くなって泣いた。酔いのためだけではなかった。

山手線で帰る敬志は、改札口を通ると、二人の姿が見える階段に腰を下ろし、いつまでも後ろ姿で手を振っていた。時々手を顔に当てるのは、涙を拭いているためか。


陽が雪をまぶしく照らしている。

「今年は雪が多い」テレビでも、町中でもいいあう年だった。

二日には、内輪の新年会をいつものようにすき焼きで過ごした。

一度は止んだと思った雪が、また思いだしたように降り始めている。

そんな一月八日のことだった、電話が鳴った。

「お義母さんですか」

珍しく嫁のミホの声だった。カナダからだ。

「お義母さん、ごめんなさい、敬志さんが亡くなりました」

まさか、洵子は心の中で反射的に思った。

敬志の言葉がよみがえる。

――体がとても辛い、でも会社はレポートを出せと言うんだ。

「こちらに来てから、敬志さんは調子が悪くて、アキをどこにも連れていけなくてかわいそうだったんです。ちょうどリョウがお昼寝をしていたので、いいかなと思って二人で外出して帰って来たら」

――情けないことに、ミホやアキは楽しそうにしているのに、オレは……。

『鬱が出たんじゃないのかい、病院に行かれないのかい、ミホさんにその類の本を読んでもらったら』

――オレにはそれだけの気力がない。

「敬志さんは階段の上から紐で……、……身体がだらんとして、はじめて見つけたのは、アキでした。リョウは昼寝から起きていて、ハイハイしてました。

父から夫が鬱ではないか、本屋で探しなさいと言われたので、ここにある日本経営の書店に行って探したのですけれど、みつからなかったんです。そうしたら……。

あのあと、会社の人事のお宅に子供たちと一緒にお世話になりました、その家の本棚には、家庭百科の本が置いてあって、鬱病の項がありました。その時、『ガンバレ、ガンバッテ』といってはいけない事をはじめて知ったんです。

敬志さんは、近くの中国人のお医者さんに診てもらう予定でした……」

はじめて本音をいう生の嫁の声だった。その時が初めてで最後となった。一瞬開いた心はすぐ閉じられた。

それから数時間後、会社から電話があった。息子の敬志の葬式のため、急きょカナダへ行く事になる。

——手続きをしますから、すぐパスポートの用意をしてください。

翌日の朝、洵子と夫は、申請のため、雪の中タクシーで手続きに向かう。

『あの夏の夜が敬志との永遠の別れになってしまった。私たちに感謝の言葉を残してあの子は。あの時死ぬという事をわかっていたかのように。

こんな悲しい形で会いにいくなんて』

流れる車窓には、降りしきる雪、いつやむことなく。舞う雪を見る洵子の眼の中には、心の底から突き上げてくる様々な感情が涙となって浮かんでいた。

ピエロの涙

オリエは部屋の中を見まわして、ちょっと溜息をついた。床の間つきの和室には、整理しなければならない物が、雑然と置かれていた。

「壊すのは三ヵ月後だけど、早めに片付けてよ」この前も息子に促されていた。料理などは得意だけれど、整理は苦手だった。

「あら、終活をかねていいじゃないの」英語サークルの友は言ったけれども。

改めて家の中を見まわすと、床柱を中心にして、年月の重さと共に、感慨がよみがえる。子供が幼稚園時代から住み続けた家。四十年という時間を過ごした。結婚した息子が家をはなれ、夫が亡くなり、独り住まいとなったオリエに、同居を申し出たのは息子だった。

息子の言葉を思いだし、重い気持で、段ボールの箱を開けた。アルバム、旅行の思い出のフォトブック、処理するというより思い出にひたってしまった。底にあった、一枚の写真をオリエは見つけた。日光でキャンプをした時の家族写真だった。『初めてで最後のキャンプ』

オリエは呟いた。バンガローの中の二段ベッドの上から息子が顔を出し、笑顔の夫が左に、隣にいるオリエの表情は硬かった。いつも鏡の中に見る自分ではなかった。別人の自分。オリエの視線は一点を鋭く見すえていた。『そう、あの時、自分は家族を捨てようとしていた』

オリエは遠い目つきで窓の外を見た。

空の奥には、三十代の自分がいた。

その日は、暖かく穏やかな日だった。人も通らないのだろう。よくほえる近所の犬も静かだ。オリエは一人空っぽの家にいた。子供は学校に、夫は会社へと慌ただしく、いつものように出て行った。毎朝繰りかえされるシーンだった。昨日の残り物で軽く昼食をすませたオリエは、光の中に座った。

そうだ、オリエは引き出しの中からレコーダーをとりだした。その中には、「幸福な王子」の英語が録音されていた。今までひそかに、もう何度もきいていた。オリエは窓を閉めた。時計の音だけが聞こえる。

機械のスイッチを押す。

少し空白の後、子供たちのキャッキャッと騒ぐ声が入り、「ハイ　アバーブ　ザ　シティ」アレンの声が続く。町の高台には「幸福の王子」の像がある。物語のはじめの部分だった。

艶と幅のある声だ。ちょっぴり投げやりな調子が彼らしいと、オリエは半年前に辞めた英会話教師を思い出していた。このテープの中には、自分とアレンがいた。

オリエは背景の音をたどっていく。「一、二、三、四」二十人くらいのマラソンをする若者たちの声がし、それは木々の間に遠くなっていく。

オリエは木陰の涼気を思いおこした。足元には落葉があった。木々の繁みの間から穏やかな陽が、あちこちに気まぐれな光の形をつくっている。土の上に置かれたベンチは道側に向けられていた。準備体操を終えたのだろう、走ってくる若者たちのかけ声がして、近くまで来ると、テープの音が止まった。

二人は黙ってベンチで座ったまま、彼らが通り過ぎるのを待っていた。オリエには長い時間のように感じられた。

少しすると、またアレンが読み上げる声が続いた。

オリエが日本語を教えるということで、英会話教師であるアレンと会って、二回目だった。前と同じ浦和の駅前で十時、越谷から来たオリエは早めについた。九時じゃなかった？といいながらアレンは現われた。彼は地元に住んでいる。金髪で背が高く人目に立つため、彼は電話ボックスの陰で待っていたという。

「今日は医者に行かなければなりません」と彼ははじめにいった。鼻のところがかゆいのだという。オリエが見ると、小鼻のところが少し赤くなっている。薬屋で塗薬を買ったら、とオリエは勧めた、しかしアレンはかかりつけの医院へ行きたいという。

「そんなに遠くないよ」

目抜き通りの人ごみの中を十分ぐらい歩いた。そこは雑居ビルの三階にあり、狭い階段をのぼる二人の靴音だけが、甲高くひびいた。踊り場のところで、彼はオリエを待っていてくれた。

ドアを開くとそこは待合室になっていて、数人が椅子に腰かけていた。彼は受付を終わるとオリエの隣に座った。ふくらんだナップサックの中から、「これ面白いよ」と、取り出したのは電子辞書だった。カタカナを押すと漢字が現われる。彼は「アイ」と押した。「愛」の文字が薄緑色の光で現われた。彼はゲームを楽しむように、次々とボタンを押した。光で形作られた漢字が現われては消え、オリエは覗きこんで見ていた。

順番は思ったより早くきた。一緒に入る？　と彼は聞いた。オリエが首を振ると、じゃ、と言って荷物をオリエに預けると、彼は診察室に入っていった。彼の後には中年の男が腰をおろした。

オリエは、アレンが最初に押した「愛」という言葉にこだわっていた。アイウエオの単なる始めの所を押したのだろうか？　それとも……。一緒に医者に会う？　なんですって？

どんな顔をして部屋に入ればいいの？　子供じゃあるまいし、と思いながらも甘えているような彼の仕草はうれしかった。

英会話の教師と生徒。アレンと自分。オリエは一瞬自分を突き放して、ふしぎな思いにとらわれた。

父の借金が原因で、離婚を選んだ母に育てられたオリエは、自立の道を探していた。高校を終えて、建設会社の事務員として働き、家には給料の半分を入れていた。社会人になった娘を見届けたかのように、母は再婚した。もう苦労はたくさん、というのが母の言い分だった。新しい家庭にオリエの居場所はなかった。ある意味で結婚生活の危うさを、オリエは両親の傍らで感じていたことになる。母への反発から、家を出ることを考えた。

見合いの話があり、母のようにはならないと心に誓い、結婚をきめた。

夫は平凡なサラリーマンで酒好きだった。しかし、家庭生活を破ることはなかった。子供ももう中学生。時間のできたオリエはスーパーのパートで働き始めていた。彼女は自分なりの人生を考えて、何か身につくことをと思い、英語を選んだのだった。北浦和にある、婦人英会話の午後のコースの参加者は主婦の八人だった。

レッスンは、主婦のオリエから見ると、異次元だった。英語の教師は若い男性のアメリカ人、金髪で蒼い瞳、その蒼さにオリエは驚いた。すべて英語で、日々の生活とかけ離れていて刺激的だった。

アレンのレッスンは、笑いが絶えなかった。彼は、ドッグフードを食べたことや、前に住んでいた台湾では、犬を食べることなど話して、生徒を驚かせ、沸かせる。レッスンの合間には、父親がゴミ収集の仕事をしていることなど、日本では考えられない自分のプライベートまで話す。オリエはそのちぎれちぎれの情報を心に積んでいた。

大学の先生のガレージの二階で寝泊まりしていたこと。その一連の話は、彼が貧しいなかで学んでいたことを表わしていた。オリエの周りには見られないことばかりだった。日本人のオリエはアレンを通して外国人の一つの家庭を覗き見る感覚だった。いつしかオリエは、アレンに同情と孤独を見つめていた。

英語を学ぶのは久しぶりだったから、初めはわからない単語は、カタカナで書いて、家で復習していった。ハヴという単語も、持つという意味のほかに、現在完了にも使う、ということも改めて思いだした。

それから一年たち、アレンとのことも、いくつかの集めた情報から、けなげに生きる外国人という印象になり、いつしか好意を感じるようになっていた。

これを彼は「愛」と呼んだのだろうか。電話番号を教えてもらい、会うようになっていた。会うときは、一人の女として会う。というより、十二歳の年の差のため、姉という立場におくのが妥当かとも思ったが、男と女との関係のほうが心地よかった。彼とのふれあいを、オリエは甘美な中で反芻していた。初めての恋愛だった。子供と夫がある身、その現実の重みがあるから、彼との未来は少しも考えてもみなかった、といったら嘘になる。彼に対する愛に、揺れながら、オリエは傾いていった。

診察室のドアからヌッと出てくると、「エグゼマだって」と、彼はいい、オリエのけげんな目にあうと、「湿疹だって」といいなおした。

二人は雑踏の中に戻っていった。歩きながら彼は、医師から貰ったばかりのクリームを鼻につけた。

しばらくすると、「いい所がある」と、アレンは果物屋の横を曲がった。別の流れがあり、長身の彼の金髪は目立っていた。

店内は十数人入るといっぱいになる、小さな喫茶店だった。店というより、広いブティックの奥につくられた一画といったほうがふさわしかった。

彼は有閑マダムのような生徒に連れられて、こんな隠れ場のような所に来たのだろうか、オリエは黒い想像をした。いくつかのテーブルとカウンターだけだった。カウンターのすみでは、サラリーマンらしい男連れが話していた。テーブルでは高校生の二人が話しもせず、向かいあってゲームをしていた。

彼は席に座ると、袋の中身全部をテーブルの上にひっくり返した。分厚い英語の本、ノート、日本語の本、小型の辞書二冊、漢字電子辞書、そして録音のためのレコーダー、整理するためというより、つっこむという感じで入れ直した。オリエは、何かを確認するような気持で彼の動作を見ていた。店内には、ピアノソナタが流れている。オリエの注文したコーヒーに添えられたスプーンには小さな鈴がついていて、店内のかすかな光にキラキラと小さく揺れている。オリエは眼をほそめて輝きを見つめた。

声高に話す男たちの会話が、耳にはいる。

「何を考えて人間は生きているのか……大人は純粋ではなくて、子供は純粋だといわれているが、結構子供だってひどいことをしている……今の若者は疲れきってるよな……最近のお笑いはただ笑わせればいいなんて、質の低下で……」

アレンはコーヒーをかたわらに置き、ノートに、

花　間　一　壺　酒
獨　酌　無　相　親
挙　杯　邀　明　月

と、書きつづけながら「月下独酌、李白の漢詩ね」といった。アレンが力を込めて書く漢字を見ながら、オリエは想像していた。

月の光の中、花びらの散る舞台に、アレンが独り酒を飲む。相伴してくれる人はいない。彼は立ち上り、見上げた月と、横に付き添う影を仲間として、酒を飲む。彼が詠《うた》えば、月は歩きまわり、彼が舞えば、ゆらめく……。オリエのイメージの中では、まるで、能舞台の一シーンだった。

英語圏では、出会えない感情なのだろうか。アメリカ人のアレンを引き付ける感情はなんだろう。孤独と酒か。

このような深い話を外国人であるアレンから聞けるとは思わなかった。彼はこのあと、薄い写真集を出した。仏像の冊子だった。そして、頭部の種類を説明しだした。アレンの知識の広さにオリエは驚いていた。ある意味で、日本人より日本をよく知っている。

しゃべっていた男たちは、いなくなっていた。

時計を見て、二人はランチのサンドイッチを頼んだ。

食べ終わったあと、

「ねえ、近くに大きな公園があったかしら？」

と訊いたのは、オリエだった。

アレンはうなずき、ここからなら歩いて行けるといった。

この辺の地図は足で知っているというような迷いのない歩き方だった。孤独な人は街をさまようのが好きなのだろうか。話らしい話はなかった。ただオリエの視野の端にアレンはいた。

オリエは初めてアレンを見たときの自分の驚きを思い出していた。レッスンの終わった後、質問をしに行き彼の瞳を見上げたとき、その目の蒼さに自分が吸い込まれそうだった。『ホント、目が蒼イ！』心で叫んだ。オリエはその時目を見開いていたはずだった。その目の中にアレンは何を見たのか、彼はどの嗅覚をもって、二人の共通のものを見つけたのだろうか。低いタイヤの音をすべらせて自転車が一台とおりすぎる。ペダルを細かくふみ、きしんだ音をひびかせながら建てこんだ家々を一軒一軒寄っていく。郵便配達だ。

思い出にひたりながらも、テープの音は流れている。

テープの中で彼がくすっと笑う。ツバメが葦の女に恋するくだりだ。ナンセンス？　私たちだってナンセンスだ、きっと。日本に住み、家族がいて根を張っている自分、アメリカからまるでこのツバメのように飛んできた彼。彼の噂は徐々にオリエの耳にも入ってきた。極度の貧困の中で勉強したが、とうとう、恩師の中国人の先生の地下室を借りて生活していたという。噂は、ガレージになっていたが、重要なことではなかった。

ロスには母親が一人でいるということ。食事の間でもアレンは勉強しているということも。

一緒に食事をしたという、若づくりの老婦人の生徒は、「あれは彼の生い立ちによるのね」とやんわりと彼の行儀の悪さをいい、きれいに手入れされた眉をひそめた。オリエはうなずきながらも、勉強に駆り立てられざるをえない彼の心情を思った。

彼のレッスンは笑い声が絶えないほど愉快だった。顔のジェスチャーでクラスを沸かした。生徒の一人ひとりの心理をよくつかんでいた。「典型的なヤンキーね」誰かがいった。陽気さの陰に、黙々と勉強する彼、ポツンと一人で酒を飲む姿が、オリエには想像できた。床屋に行くのが嫌いで、金色の前髪はいつも眼をおおうほどに伸びていた。ワイシャツの端を少し覗かせるような、子供っぽさもあった。その裏の複雑な色合いをオリエは感じていた。

小一時間歩いただろうか。赤い鳥居が見えた。神社と池といくつかの運動場、博物館などいろいろな施設を持った広い公園だった。桜の時期になると花見客で人が埋まるという新聞記事をオリエは見たことがある。秋の午後の公園には人影がすくなかった。うっそうとした木々の間に、静寂さが漂っている。オリエが忘れていた緑の匂いがあった。犬を連れて散歩する老人、赤いマリを持ったよちよち歩きの幼児、それを見守る母親、それぞれが風景の中で動いていた。少し湿った道を、彼より少しあとからついて行った。遠くから子供たちの遊ぶ声が木々を伝って響いてくる。おでん、甘酒と書かれたトタン張りの小さな店が二軒見えた。客も店の人の姿もなかった。小路を左へ曲がると、空の青さが見えた。鈍く光る大きな鳥居がはるか遠くに見えた。足元は白っぽい道に変わった。丸い石造りの太鼓橋が細長い池にかかっていた。

二人は橋の真ん中で立ちどまった。

「亀がいるわ」何かを閉じこめるようにオリエはいった。

池の中には石が三つ置かれていた。その一つには、亀が二匹いた。一匹は頭だけ水から出していた。頭が動くと、ゆったりといくつもの水の輪がすべるように広がっていく。もう一匹は石の上で甲羅を干していた。

「亀は中国ではおめでたいという」

「そう、日本でも長寿をいうわ」

今のオリエにとって何と遠い会話だろうと思いながらも言葉はすべり出ていた。陽の光がまぶしかった。その顔を彼に見られているかと思うと恥ずかしかった。すべてがはじめての経験だった。恋愛する資格もない自分、という気持がアンバランスに湧いてきた。橋を渡り終えると、まっすぐ神社に向かった。

玉砂利が歩きにくかった。

大木の周りには小学生くらいの子が四人かたまっていて、アレンの姿を見ると、「ディスイズ　ア　ペン」と叫んだ。Vサインを示す子もいた。

「いつもああいうよ。子供たちは」彼は馴れている様子でいった。オリエは彼らに向けていた笑顔を消した。

社殿の前でオリエはいつもするように、賽銭を投げて柏手を打っておがんだ。彼は社殿のそばの木組みをじろじろとながめていた。

また、二人は木々の間の道へ戻った。ベビーカーをおした夫婦連れがゆっくりとおりすぎる。参道のそばに並行した車道には車の往来が多かった。

木々の向こうに古い水色のペンキで《モテル》と書かれた建物があった。

アレンが、なにか言った。「えっ、トルコ？　トルコってなに？　国の名前じゃないわね」オリエはしらばっくれて言った。彼は無言だった。

自分には想像できない男の世界の話だと、オリエはその空白の間で覚《さと》った。そして、アレンの若さとセックスも。

少し気分を変えたように、「トルコは日本だけのものです」彼は言った。

「何回も行ったの？」

「あれはとても高いから」なかなか行けないというニュアンスを含めながら言葉をくぎった。でも、日本の産業の一つねと、彼はつけくわえた。「産業」オリエは、繰りかえした。

つきあたりに低い木で作られた生垣が見え、近づくにつれて童謡が流れてきた。中央にメリーゴーラウンドがあり、そこから音楽が聞こえてきたのだった。曲は昔オリエが聴いた古いものだった。右端には、お金を入れると動く消防車や飛行機なども備え付けられている。一番奥には、ポツンと置かれたような滑り台があり、左側にはブランコが二台、別々に揺れていて、揺れるたびにギコギコと耳障りな音をだした。三、四人の子供たちの姿が見え、ひっそりと静かに遊んでいた。オリエの思い出のなかの活気ある公園とは遠いものだった。

また来た道をもどり、左側に歩くと道は少し下り坂になった。銀色に光る低い柵は、そこから自転車の通行止めを表わしていた。風にのって「ワア」という歓声がわいた。競輪場だった。道はそこで行き止まりだった。二人は引き返した。そしてしばらく歩くと、太い幹の下に置かれた古いベンチを見つけて、腰かけた。どこかで鳥の鋭い鳴き声がした。

アレンはポケットからクリームを出すと、また鼻の先へつけた。爪は短く切られ、節くれだった太い指だった。突然、彼は駄々っ子がするように、着ていたジャンパーを遠くへ投げた。オリエは黙って拾うと土埃をはらった。黒い革製のかなりどっしりとしたものだったが、着つくしたとでもいうように裏側はボロボロだった。遠くで若者たちの歓声がきこえた。

テープは三十分くらい流れ続けていた。幸福な王子がつばめに、彼の宝石を貧しい母親に持っていってくれるように頼む場面になっていた。あの子はベッドで熱にうかされています。

でも、母親は水しか与えるものがないのです。どうか私の宝石を運んであげて下さい、だって私はここを動くことができないのですから、と銅像の王子はいった。その区切りで、オリエの「サンキュー」という短い声が入り、フンと鼻をならす彼の声が続き録音は終わった。『この物語を全部読もうと思った』という彼の不満が言外に感じられた。『また会えばいいじゃないの』という思いがオリエにあった。

森は暮れはじめる気配を漂わせていた。

オリエは一人の女から、無意識に主婦に戻っていた。もうそろそろ家に帰らなければならない時間だと、主婦の本能が告げていた。

アレンはジャンパーを受けとって着た。少し風が出ていた。二人は立ちあがると歩き出した。木々の葉の間からの陽の光は、まだ昼間の名残があった。彼は話し始めた、二人は英語と日本語を交ぜながら話した。

「母は精神病です。両親は離婚しました。父は少し離れた町で新しい家族と暮らしています」

黙々と話すアレンの話をオリエは心で受けとめていた。

「私は母一人の手で育てられたの。そして数年前、母は再婚しました。母はもう私だけの母ではなくなったわ」

その新しい家庭の中で居場所を見つけることができなかった自分をオリエは、ふりかえった。逃げるように結婚を選んだ自分だった。

オリエはアレンの話に、同じ感情を感じた、それは私と同じなのだろうか？　人間だったら誰でも持つものだろうか？

三ヵ月前の夏、レッスンの後、若いサラリーマンと三人でパブへ行って飲んだ場面をオリエは思い出していた。アレンは日本でのはじめての正月を大島ですごしたという。来日して半年経っていた。夜、酒を飲みに行った。フィッシャーマンがたくさんいて、彼を見ると英語で『ユーアーマイサンシャイン』を大声で唄いだしたという。そんなもんじゃない、というように彼は首を振った。日本の正月をしみじみと味わいたかったのだろう。空にはたくさんの星があった、彼は眼を輝かせて、きれいな星、降るようにと手を広げた。オリエもその空を想像した。無口な夫とはこのような深い会話をしたことはなかった。

オリエはすれちがうカップルを見ながら、彼の感情を英語では、なんと表わすのだろうかと考えた。

『むなしさ、孤独、さびしさ、せつなさ、はかなさ』日本語ではいろいろ頭に浮かぶが、英語ではわからなかった。

「あなたは、ロンリーなのよ」唯一の単語をオリエは見つけていった。『私も持っているのよ』心の中で呟きながら。

え？　というように、彼は立ちどまった。が、彼の視線がどこにあるのか、しらない。オリエは地面を見ていた。

「誰だってロンリーよ」遠い自分と今の自分を思い出しながらオリエはいった。

「誰でも？」彼は言った、呟くように。

『そう、あなただけじゃない、あたしだって』オリエの昂《たか》ぶった気持が、アレンの手を捜した。彼はちょっと動くと体をずらした。オリエが見た彼の手はポケットの中だった。

彼女は、はぐらかされた気持で、しまわれた手を見た。それは固定されたように隠されたままだった。夕陽が木々を草々を静かに染めていく。来たときの赤い鳥居が見えてきた。二人は草のある道を歩いていた。中学生が鞄をさげて、速足で追い抜いて行った。いつのまにか、疲れたような男たちの流れができはじめていた。黙々と歩く後ろ姿にも夕陽が当たっていた。足元には白い紙きれが散らばっている。彼らは競輪場から繰り出されているのだろう。オリエと彼をぶしつけにじろじろ見る眼もあった。

人混みはいつしか消え、二人は車道のはじを車に気を遣いながら歩いていた。空と街は白っぽい明るさをもっていた。夜のとばりまでのひとときだった。

車は暗さを感じて、ライトをつけていた。その下には、夜の影がくっきり描かれていた。家々には光がともされ、風景の中にポツン、ポツンと輝いていた。オリエは歩きながら、この光景に自分の思いを重ねていた。いつのまに商店街にはいったのだろうか。風に吹かれてなびくポールにくくりつけられた造花もまもなく闇にしずむだろう。夜へ向かって二人は歩いていた。二人の間の距離は遠くなっていた。

眼にちらと動くものがあり、オリエは立ち止った。メガネ屋の店先だった。あかりが、外のうす暗い闇へ暖かさを放っていた。オリエがもう一度、見直すと、それはピエロの人形だった。アレンが先に行き、オリエは数歩遅れて通った。白塗りの顔に大きな赤い口、おどけたというより、驚いたような表情で、水玉模様の服を着て、黄色い台に乗っている。オリエが来るのを待っていたように、そのピエロはよろよろと立ちあがった。モーターの低い音が聞こえた。大きな目には、涙がひとしずく描かれていた。眼鏡をかけたピエロだった。胸のところで広げた両手には、小さな幕をもっていた。〝メガネのご用は当店で〟と書かれていた。ピエロは数分すると、へなへなと疲れきったように座った。どのくらいすると、また立ちあがるのだろうか、また見たいとオリエは立ち止った。アレンはそんなオリエをだいぶ離れたところで見ていた。彼の表情の中は何も読み取れなかった。忍びこんだ闇のせいだろうか。しばらくすると、ピエロは命を吹きこまれたように動きだした。オリエは人形の動きを見ながら自分の心を見ていた。ピエロを見るというのも彼への意思表示だった。心が傾いた時、するりと彼は身をよけた。英会話の教師と生徒。十二歳上の人妻と独身男。日本人とアメリカ人、そんな言葉がオリエの頭の中で蠢《うごめ》いていた。オリエの現実と背景がある。アレンの現実があるように。オリエは女の気持で立ちつくしていた。ピエロがまた、役目を終えたように座りこもうとしたとき、オリエは歩きだした。それから駅までの間、二人は無言だった。

駅の改札口の前で、別れの握手を求めたのはオリエだった。彼は待っていたように、ポケットから手を出すと、固くオリエの手をにぎった。二人は笑顔で別れたのだった、なにもなかったように。駅の階段を下りるとき、迷路に落ちて行く自分をオリエは感じたが、あきらめがちらと顔をのぞかせた。

やはり、彼は遊びだったのか、と思いながらもオリエの炎は消えずくすぶっていた。あれから彼はオリエを拒否し続けた。

週に一回、水曜日の夜、オリエは彼に電話をかけていた。その日は、レッスンもなくフリーの日だと聞いていたからだ。夫は単身赴任で、土曜日に帰ってくる、子供は夕食後、自分の部屋へ入るから、オリエがアレンに電話することはたやすかった。軽い胸のときめきをもってオリエはダイヤルをまわす。そんな気持とは裏腹に、不在を示す呼び出し音だけが続くことが多かった。ある夜、五分くらいその単調な音を聞きつづけていた。彼が今、アパートの部屋の鍵を開ける、そんな場面を想像しながら。しかし、その時、どういう具合か、他の回線の声が聞こえた。ブッツ、ブッツという音とともに、それは男と女の会話だった。

「○○ちゃん、今晩どうする？」

「そうね、ここいら辺りはすごい雨よ」

「そう、こっちはそんなに降ってないけどな」

「××あたりで、水がすごくたまってるの」

「へえ、そうなの」

若そうな男女の声だった。どこかで待ち合わせする恋人たちか、オリエは息をころして遠い声をきいていた。

「ねえ、電話おかしくない」女がきいた。

「そう、何か信号音が聞こえるみたいだけど」

「こういう時って、私たちの話を聞いている人がいるはずよ」

確信を持った調子で言ったのは、女だった。オリエは見透かされたように固く受話器をにぎった。この二人の会話はすぐ終わった。オリエは受話器をおいた。

たまにアレンが電話に出るときがあった。いつも……しなければなりませんから、と話しい話を彼は一方的に避けていた。いわく、風呂にはいらなければなりませんから、これから出かけなければなりませんから、いま友だちのところへ云々……。「もういいじゃない」

彼が電話で言ったのは、ふた月経ってからだ。

彼の目的は何だったのか？

オリエは彼との終わりを知った。お互いに逃げ場をもっていたのだ。金髪で背が高いアレン、もてるのは当たり前で、若い女性は集まってくるにちがいない。あの時のことは、自分の心にしまっておくものかもしれない。あのピエロの涙といっしょに。

レッスン中はふだんと変わらない二人だったはずだ。陽気なヤンキーの教師のアレン、明るい生徒を演ずるオリエ。

季節は晩秋から冬、そして春へと変わっていった。

半年の月日が、彼に対するオリエの気持を薄めていった。あのときのことは夢だったと思った方がいいのかもしれない、そう自分に思わせたかった。しかし、録音したテープがあり、彼といっしょに時間をすごした現実があり、夢ではないことを示していた。

レッスン中にも、彼のサインをさがしていた。オリエがあげたボールペンを使っていたり、オリエと同じ辞書を買ったり、外の人にはわからないところでオリエは彼の合図を勝手に見つけて、自分なりに解釈していた。あのときの「愛」のかけらを探していた。

彼があと二ヵ月後に契約が切れて、辞めるという頃、突然彼が結婚したことを聞いた。少し前から、髪も整え、全体がこざっぱりしてきたと、ささやかれていたところだった。だから、結婚と聴いて納得した生徒も多かったが、彼は一生結婚しないのだろうと思っていた人たちには、驚きだった。まさか、とオリエは思った、やはり、と別のオリエは思った。彼に電話したとき、一度だけ女性が出たことがあった。その人かもしれない、めったに人は呼ばないだろうから。家に呼ぶことは親しさを表わしている。

結婚相手は、四歳下の髪の毛の長い日本女性だという情報もあとから入ってきた。レッスンのとき、お嫁さんてどんな顔の人？　と茶目っけのある生徒がきいた。アレンは白板にへのへのもへじの絵を画いた。笑い声がおきた。

ある日、彼は「結婚式の写真を見たい？」とレッスン中にきいた。全員がうなずくと、彼は別室へ鞄を取りに行った。そして取り出したのはネガだった。光と影が反転して、人が立っているのはわかるが、顔など全然わからない。端の背の高いのが彼で、そのそばで帽子をかぶってドレスを着たのが花嫁だと説明されても、想像のしようがなかった。皆が「これじゃわかるわけない」とがやがや言うそばで、彼はニヤニヤ笑っていた。それが彼の答えだった。

その半年後、オリエは、夫の急病の看護のため、赴任地の山口に行った。結婚生活は十五年になっていた。互いのおりのようなものが夫婦の間に積もっていた。「こんなにしているのに」と思うオリエのいらだち。何をいっても解りあえなくなった夫婦だと、オリエは決めていた。単身赴任以来、深い話もできなかった。子供の教育もオリエ一人の方に重くかかっていた。夫だって赴任先で何をしているかわからないと心の底で疑っていた。女の影はないかと不信感をもって見ている自分をオリエは冷たく見ていた。自分の思い出は心の奥底に沈めておきながら。

過労と栄養不足のために倒れた夫は、数日の休養でよくなった。夫婦は久しぶりに水入らずの生活をした。いつも元気な姿とはうってかわって、寝床の中の夫は、結婚以来はじめて弱々しさをまともに現わした。

『結局私はここにとどまるしかない』オリエは思った。アレンも日本人の妻を得て、日本で暮らすことになるのだろう。そう、これで全部丸くおさまり、彼はグッドアンサーを出したのだと、オリエは自分を納得させた。しかし、彼とのあれこれを、断片的に思いだすのだった。レッスン中にオリエの子供の年をきいたことがあった。オリエは笑って答えをはぐらかしたものだった。また、あるとき、何かの話の中で『エスケープ』という単語に、彼の異常な反応ぶりを思い出した。もしかしたら、彼はエスケープして結婚したのかも知れなかった。それも一つの選択だった。孤島が好きで、北海道にある島の名前を言い、いつか訪れてみたい、長くそこで住みたいと。彼は妻と一緒に生活をかかえこんだのだ。生徒のだれかがいっていたように一生独身で、酒に逃げこむよりよっぽど建設的に生きられるはずだ。オリエを家庭に返すのが、彼の愛ならば、今を守っていくのが、彼への答えになるはずだと、オリエは勝手に自己判断した。

一つの出会いが終わって、一つの出発があった。それぞれに互いの淋しさを見つめ合った一瞬があった。アレンとの間に大きく揺れた自分があった。自分も家庭までも捨てて、アレンと一緒になる勇気は持っていなかった。母と同じような再婚の複雑さを繰り返したくない自分を深い所で見る。あの時の熱い思いは、夫への裏切りだった。しかし、セックスを第一に考える男たちにはわかりえないことだろう。

このテープもいつかは捨てる時があるかもしれない。オリエは遠い目をした。

いつのまにか空の太陽がかくれていた。早く買い物に行かなければ、オリエは立ちあがった。

＊

オリエの住む越谷駅の近くにあるK大学で、一般に向けて、英語の一日無料講座が開かれる、というチラシを見つけたのは、一ヵ月前のことだった。玄関脇に新しくできた自分の部屋で、眼鏡をかけてオリエは読んだ。そして、三人いる講師の中に、ジョージ・アレンという名前を見つけた。

オリエは、その大学の公開講座に、以前、何回か参加したことがある。あるとき、学内掲示板にアレンの名前を見つけていた。彼はここで教えているのだった。

過去のオリエの思い出のなかで、アレンが教授になることは、うすうす感じていた。英会話の教師の仕事をしながら、勉強する姿をみていたからだった。

一緒に英会話に通っていた、昔の友だちにアレンのことをいうと、

「そんな昔のこと。今、私は英語とは無縁だから。どんな先生がいたか、興味もないわ」と、電話で言われた。

オリエがこの市に住みつづけて五十年近くになる。アレンがオリエの棲家を知っている可能性は高かった。今でも、そこまで自分に関心があるかどうか、という問いもあるが。また、あの金髪の痩せて背の高い彼が、今も同じ姿とは思えない。それはオリエも同じことだった。時は流れているのだ。会ってどうなるか、どうにもならない。懐かしさも表に現わすほどでもない。

行ってアレンの姿の現実を見るか、行かないで、過去のアレンを自分の思い出のなかに閉じ込めておくか、オリエは答えを転がしていた。

その日、オリエは出かけた。会場は八割の入りだった。

想像通り、昔のアレンはいなかった。中年ぶとりで、禿げ気味の頭、丸くもなり、それが教授アレンだった。しかし、舞台の上で椅子に座っているアレンは、会場内の人びとをなめ

るように幾度も視線を走らせるのだった。

オリエは頃合いをみて、そっと席をたち、外に出た。心の中にピエロの涙を抱えながら。

戯曲　三人の母

登場人物
一人目の母
二人目の母
三人目の母
ナレーター（声のみ女性）

舞台設定
椅子が三脚置かれている。そこには三人の女が座っている。

一幕

ナレーター「最近、子供たちの起こした痛ましい事件があいついでいます。今までの報道では、これらの事件の分析は、プロといわれる教育評論家、特に男性が多く、彼らの発言が主でした。これは教育の中でも、家庭の問題と捉えなおす必要があり、これまで、母親の視点が欠けていました。そこで今日は三人の母親に集まっていただきました。従来、社会的位置の中で、主婦、母親という立場には多数の女性がいるにも拘わらず、あいまいなところがあります。『縁の下の力』ともいえる陰の部分を支えてきた女性の立場から、今回、本音をお話しいただけたらと、お願いしました」

暗転から、一筋のスポットライト。右端手前の椅子には女がいる。（グレーのカーディガンと黒いズボンの地味な格好。髪はひっつめ、化粧気もなく、うなだれ気味で話す）

一人目の母　ホント、あたしはどうしたらいいか……、こういう時、主人が生きていてくれたらと思うのですが。

（最後はため息をつきながら）

あんな素直だった息子が、新聞に取りあげられるような、だいそれた事件をおこすなんて。もうどうしていいかわかりません。どうか悪い夢であってほしいと、何度も思いました。でも……。

どこかのお子さんを息子が連れ出して、そして……。大変申し訳なく思っています。どんなことをしてでも、と思いますが、なんせあたしも身体の調子が悪いので、……。（少し空白）ホント、あたしなりに子供を育ててきました、どこが悪かったのでしょうか？

素直な優しい子供に育ってほしいと、願ってました。誰でもそう思うはずでしょう？　子供が可愛くない親なんていませんよ。

亡くなった主人も、五十歳をすぎて始めてできた男の子なので、とても喜んで可愛がっていました。何でも息子の言う通りでした。また、あたしに似て身体が弱かったものですから、不憫《ふびん》がりましてね。主人はよくいってました。

「肇は、大きくなったら、大人になったら、ちゃんと判断はできるのだから、自由に育てろ」と。俺たちの子供だから、信頼するのがあたりまえだ。あたしも主人の言う通りだと思って従ってきました。

そして、自分たちが年とったら、肇に看てもらうのだから、金もできる限り不自由させるなと。

ナレーター「それって、一種の取引ではないですか？」

一人目の母　（きっとなって）そんなことはありませんよ、昔から年老いた親を子供が看るのは当然ですよ。あたしだってそうしましたから。最後は肇に頼むのだから、と細かいことは抑えてきました。あたしさえ我慢すれば、すべて丸くいく、そう思ってました。

ナレーター「あなたは、我慢なさってきたのですね。でも、長い間にはご主人と違う意見もあったでしょう」

一人目の母　しかしいくらいっても、ききいれてくれないのですから、もうそんなこと考えることもしなくなりました。

ナレーター「二階にその娘さんを監禁していたのに、気がつかなかったのですか？」

一人目の母　それは気がついていました。（小さい声で）約一ヵ月くらいのことでしょうか。だけど、息子にちょっとでもそのことを聞くと、恐い眼であたしをにらみつけるので、怖くなって。あのときの肇はいつもと違う顔でした。

そんなに広い家じゃないので、二階で足音がしたり、人の気配は確かにしました。しかし、あちらの親御さんからも何も言われないので、何か事情があるのだろう、と自分勝手に思ってました。

（少し間）

でも、ここだから本当のことをいいます。ミシッ、ミシッと足音が聞こえる、息子は何もないって、嘘をついている。そのことについてあたしは何度も考えました。しかしそれを言ったら、息子が怒るから怖いこともありました。でも、それよりも息子に対しての信頼感が崩れそうで……、そのほうがあたしにとってもっと恐ろしいことでした。それは私自身も崩れていくことになりそうで。

あたしは必死になって、あの二階の音は、聞こえても聞こえないんだ、と自分にいいきかせました。

それは息子を信じるという母親の立場からでした。こういう時、息子をかばうのは母の役目だと思いました。

ナレーター「二階で匿《かくま》っていたら、共犯になるのは知っていましたか？」
一人目の母　そんなつもりではなかったはずですが……。じゃ、母の役目ってなんですか？
妻の役目って？
　結婚したら、夫に従い、老いては子に従う、昔から言われたことでしょう。
ナレーター「あなた自身の人生はないのですか？」
一人目の母　あたしの人生？　それってなんですか？　子供が育ち、結婚し、孫が生まれればその孫の世話をする、そのうちに……。
　あたしは自分の人生なんか考えたこともありません。第一そんなことおそわったこともないし。ただ、真面目に生きて、悪いことはしないで、一生懸命働くこと、そういうことしか知りませんでした。
　でも、あの素直な息子が、いつのまにか知らないうちに、あんな悪いことをするような、別人になってしまったのでしょうか。わかりません、あたしには。

誰でも悪者になってほしいなんて、願う親はいないはずでしょう。

ナレーター「そうですよね、悪い人間になってほしいと願う親はいませんよね。みんな、子育ては初めての経験ですから。悩みながら暗闇の中を手さぐりで迷いながら、いくしかないのですもの。いや応なく真夜中に授乳しなければならない時期もあるし、家事もある、これは男性にははかりしれないものでしょう。そして、家庭の責任を感じて働く男性たちにも主婦には想像もできない辛さもあることでしょうね。そうしてつくってきた家族、みんな幸せな家庭を望んでのことですね。

肇さんを自由に育てたと、前にいわれましたね。ちょっと、自由について考えてみましょう。ここに、子供を王子様にして、親がサーバントになったとしましょう。何でも子供の欲求を先回りしてみたしてあげる。先ほど子供の気持がわからないとおっしゃった。この親の先回りが、子供の発語の必要性を封じているかもしれない。そうして、子供は意志を失くしてしまうかもしれない。王子様の子供は、世間に出て初めて冷たさを知る。社会は自分中心には廻っていないと初めて感じるかもしれないのです。

自由は現代では大事な権利です。でも、親として、子供を一人前にして社会に送り出すという目的を持っていますか？　何でもかんでも自由ということにすると、自分勝手に解釈してしまいがちです。それは、そういうふうにすると、楽だからです。責任も道徳観も見なければいいいんですから。

こういう話をきいたことがあります。甘やかして自立もさせないことは、子供をコントロールするためだと。心の底には親のエゴがあると。どうなんでしょうか？　本当なんでしょうか。恩と義理で子供を縛り、自分の老後を看させる。先ほど老後を看させるのは、一種の取引ではないのですか？　と、失礼なことを申しあげたのはこんな話をきいていたせいもあるかもしれません。

金銭教育も必要かもしれません。お金を得るために、社会に出なければなりません。社会で世間を学ぶことでしょう。

心は子供でも、欲求のセックスに対しては大人だとしたら、このアンバランスがさまざまな事件を起こしているかもしれないですね」

一人目の母　そんなにごちゃごちゃいわれても。私が重々悪いっていっているでしょう。こんなあたしでも、あたしなりに一生懸命子育てをしてきたんです。あたしはなにも悪いことはしていないのに、なんでこんなになってしまって……。今は、人の眼が気になって、自由に外にもでられません。

思いだすと、肇は病弱だけど頭のいい子でした。あたしの宝でした。息子の悲しみはあたしの悲しみでした。あたしの身体の調子が悪い時など、とても気遣ってくれる、優しい子でした。

あたしの人生の中で、息子はハイライトでした。あたしは息子のためだったら、何でもしようとずっと我慢してきました。

昔、あたしの育った家は貧しかったのです。もっとお金があればいいんだ、あたしは子供心に思いました。そうすればあんなに父ちゃんや母ちゃんは喧嘩しないだろう。だから学校を出ると、料亭の住み込みで精いっぱい働きました。

あたしが出会った時は、だいぶ年上の主人でした。今はこんなんですが、昔のあたしは器量よしといわれたものでした。自分で言うのもなんですが。結婚の話はいろいろありましたが。前の奥さんはインテリだけれど、ヒステリー持ちで困っていたと、主人はよくいってました。子供は女の子が二人いたようでした。

あたしのところのほうが気楽でいいと、一緒に住みはじめました。離婚するのには、時間がかかりました。でも、ようやく主人と、結婚という形になったのですが、やはりいっしょに生活するとなると、相手のいろいろなことがわかってきました。

小商いをしてきた人ですから、全部が自分のペースでした。女の立場なんかちっとも考えてくれません、食べ物も嫌いなものだと、ちっとも食べてくれません。だから、結局主人の好きなものしか作らないようになります。こんなちいさな不満をぐちゃぐちゃ並べ立ててもはじまりませんけどね。それでもあたしが思ったことは、あの貧しかった昔に戻りたくない、ということでした。だから、歯をくいしばってがんばってきました。

ナレーター「ご自分の過去を考えて、お金があれば幸せ、と思ったんですね」

一人目の母　……。

ナレーター「じゃあ、お子さんにとって、お金ってなんだったんでしょう」

ナレーター「お金は使うもの、ずっと湧いてくるものと思っていたんではないですか？」

一人目の母　そんなには沢山ありませんよ。

ナレーター「そういう現実を肇さんに話しましたか？」

一人目の母　そのくらい親子だから分かるはずだと思ってました。

そういえば、だいぶ前からあの子の心が見えなくなっていました。ほとんど家にいて、誰とも話さず、ビデオを見たり、テレビや音楽などを聞いていました。たまには一人で夜中に車でふらっとでかける。でもあたしは息子を信じていましたから、ただ気分転換で出かけるのだろうと思っていました。外でそんな悪いことをしていたなんて夢にも思わなかった。

たまに気が向くと競馬場へ一緒に乗せていってくれたこともありました。しかし、馬券を買うためのお金はあたしが出しました。そんな大金ではありません。あたしもこれからのことがあるので、そんなに無駄づかいはできませんから。

肇には、仕事に就くように何回もいいました。だから、あの子はアルバイトをいくつもしました。でも、どうも、職場の人とはうまくいかなかったようなので、無理することはないと、いつもなぐさめていました。

小学校の時いじめにあってから、人との付き合いはほとんどしなくなりました。だけど、人様に迷惑をかけないからいいだろうと、思ってました。

それなのに、新聞で見ると、寂しかったのでペットがわりに女の子を、道路でさらってきたと息子がいったとか……。

今は毎週、息子に会いに行っていますが、少ししまった感じで、これからは生まれかわった気持で暮らしたいといってますので、支えていこうと思っています。ある意味で、どうにもならないぐるぐるとした輪のなかでもがいていました。息子にしたら辛いことでしょうが、このように明らかになってあたしは少しはほっとしています。なんかうまくお話しできませんでした、すいませんが終わりにします。

二幕

スポットライトが、二番目の席を照らす。その椅子には、和服をきちんと着た白髪のやせぎすの七十五歳すぎの女が座っている。

二人目の母　実は、私《わたくし》は健一の母ではなく祖母でございます。孫の健一が、ああいう形で亡くなり、どうして、どうしてと、せつない思いの中で、まだ暮らしております。どうして、孫の健一が主人を殺して、近くのマンションから、身を投げて……。……さっぱりわかりません。（低い声で）

本当に健一は成績も良く、運動神経も抜群でした。我が国元《くにもと》家で誇れる孫でした。私のいいつけも守り、そりゃ嫌な時もあるでしょうが、よくしてくれました。主人も息子も、大学教授という家柄ですから、息子の嫁もそれ相応のところから、私が見つけてやりました。孫の健一も同じ道を歩いてくれるものと思ってました。

ナレーター「それは重い期待ではないのですか？」

二人目の母　とんでもない、我が家だけでなく親戚にも教授が多いので、私どもにとってそれは普通のことでした。ですから、それ以外の職業を考えることのほうが、むずかしいと申したほうがよろしいのです。

ナレーター「教授ってそんなに偉いのですか？」

二人目の母　まあ（そんなことも知らないのですか、という調子で）、誰でもなれるわけじゃありませんからね。

ナレーター「私はあなたが軽蔑なさる人たちのなかに、尊敬できる人もたくさん知っていますよ。人間の価値は肩書だけじゃないと思いますので」

二人目の母　それはいろいろあるでしょうが……。

主人も我が家を継ぐのは健一だからと、私がしつけを厳しくするのに賛成してくれました。えっ、私の息子、健一の父親ですか？　あの子はなかなかわかりにくい所がありますので、孫のことをはじめ、いろいろとこちらが面倒をみなくてはならないのです。教授の道も主人がかりですし、嫁も私が見つけたということは、先ほどもお話ししましたが。『もっとやる気をお出しなさい』と私が何度もハッパをかけてもなかなか思う通りにならなかったのです。

そういう訳で、大切な家の跡取りの健一を、あの人たちにまかせておくことはできませんでした。

孫の健一は素直な良い子に育っていたはずなのに、なぜ、こんなことになって……。もう我が家は終わりです。祖父を殺した殺人者として、健一も死んじゃったんですから。こんなことってあるんでしょうか？　すべてが終わりですヨ。私の今まではなんだったのでしょうか。

私も人生七十数年生きてきて、人生の最後の時にこんな悲しいことが待ち受けていたなんて信じられません。私が何か悪いことでもしたのでしょうか。

孫をなんとか一人前にしようと、がんばってきたつもりでした。孫にはいつも、『人さまには優しくするんだよ、みっともない真似はしないように』と教えてきました。どこで健一は曲がってしまったのでしょうか。悪いことにならないようにいろいろと手を打ってきたつもりでしたが……。ほんとに私たちの時代は、戦争があって大変なときでした。主人とは、写真での見合結婚でした。主人の母は特に気が強い人でしたから、いろいろありました。

その当時小姑もおりましたし、気苦労も多かったのですが、義理の父が優しくしてくれましたので、大変助かりました。私は家政の学校を出ましたので、家事のことなど、姑に申しますと、代々続いた国元家のしきたりは、違います、といわれました。あの当時は嫁は耐えるものだと、いわれてましたから、何でもハイハイと聞いて従っていました。四季の行事も一大事でした。

ナレーター「あの時辛かったから、お嫁さんにはやさしくしてあげようとは思いませんでしたか？」

二人目の母　なぜですか？　私だって耐えたのですから、物事は順番ですよ。
私は、本当は仕事を持つ女性にあこがれていました。母や祖母の生き方を見ていて、女の一生はなんて空しいものだと、思っていました。すべてが陰の仕事のように思われました。でも、技術もなにもないのですから、「自分の力で生きる」ことはただ憧れだけでした。その代わり、子供にはいい大学をださせました。それが私にできることでした。そして結婚して、孫が授かり、最後の私の仕事だと思って、健一を育てました。こんな結果になるのだったら、早く手を引くべきでした。でも、あまり嫁がうまくできないので、とうとう手を出し、手を広げすぎました。

もうこのうえは、ただ早くお迎えが来て、二人が待つあの世とやらに行くことしか望みはありません。なにかまだ混乱していますので、こんなところで失礼します。お許しください。

三幕

スポットライトが三番目の椅子を照らす。三人目の母が座っている。口紅は強い赤。花柄のワンピースをきてはなやかな感じ。少し小太りの四十代の女性。


三人目の母　ハイ、私は健一の母です。あの事があってから、ハハ（義母）とは顔も合わせたくないのですが……。

実家の母とも相談して、離婚の書類も出しました。自分の気持も整理できるいい機会かとも思いましたので、伺ったしだいです。

嫁としての私の気持も述べさせていただきます。

あの家では、あの人の権力は絶対的なものでした。そして、自分が都合悪くなると、眩暈《めまい》という、一種の病気に逃げ込む、あの人特有の裏ワザがありました。だから誰もどうしようもなかった。そしてとうとう、健一が犠牲者となったのです。私もある程度は息子の気持が理解できます。同じような屈折した心を抱いているからです。あの人の第一は世間でした。世間に笑われないように、という形式一点張りでした。

絶対命令者が、家の中心を占めているとき、どうすればよかったのでしょうか。その問いは、いつも私の心を苦しめていました。しかし、とうとう子供を死まで追いつめて、そのとき何も助けてやれなかった、ふがいない母親、いや、私は母親失格です。私は、母でありながら、母ではありませんでした。

私の可愛い健一は生まれてすぐあの人のものになりました。授乳の仕方から、抱き方まで、細かくあの人は干渉してきました。私は育児よりもあの人の過干渉の方にまいってしまいました。夫に何べんも、健一は私たちの子供なんですから、ほうっておいてもらうように、頼みましたが、駄目でした。

夫は優しい人でしたが、あの人に対しては何も言えない頼りない人でした。

私にとって、子育ては初めての経験ですから慣れないことだらけです。あの人は自分の子育てには自信満々でした。鼻高々でした。だから、慣れない私を温かく見守るということはしませんでした。

私も悪かったのですが、そんなにまでしてあの人と対立するのも厭になったので、段々と手を引くようになりました。それはあの人にとって都合がいいことでした。

あの時はどうしようもなかった。そして、洗濯、食事づくりなど、家事全般は私の仕事でしたから、まるで女中みたいと、実家の母に言ったりもしました。

私の父も学者でしたが、同じ学者の家なのに、まったく違う雰囲気でした。友だちに相談すると、早く別居した方がいいといわれたので、夫に話すと、夫はなぜか怒鳴りだしました。どうしてなのかわかりません。でも、都合が悪くなると理由もいわず、いつも怒鳴る人なので、だから賛成じゃないのだろうと思いました。

私も健一を連れて自活していく自信もありませんでしたから、どうしようもなかった、すべて私が悪いのです。

健一は勉強もでき運動神経もいい、あの人にとっても自慢の孫でした。

私の手から離れてしまった息子ですが、でも、私は私なりに育児書を読んで少しずつでも自分なりに勉強していたのです。三歳の時、中学の時、子供は反抗期だというのに、健一にはそういうことはなかった、なぜだろう？

私はそれが気がかりでした。どうしたんだろう、何か悪いことが起こらなければいいと。それとも、そう考える私は神経過敏なのだろうか。主人に相談しても学問一筋の人でしたから、私は一人で悩んでいました。

家族三人で出かけることはありませんでした。友だちの話をきくと私はとてもうらやましかった。

そりゃ、健一はあの人に連れられて、演奏会や、展覧会にもよく行ってました。目的は情操教育でした、なんでも目的が必要なんです。主人は学術界ではどんなに偉いのか知りませんが、家庭において、また私にとっても、つまらない人でした。

主人は、あの人とは、子という位置で、都合のいい時だけ折り合っていたのかもしれません。私にはうかがい知れない親子でした。しかし、親孝行なのはたしかでした。

私よりは母をとる人でしたから。

高い塀、敷地の広い家、結婚した当座は、まぶしいほどに感じた家は、空っぽの家でした。私の実家はそんなに広い家ではなかったのですが、好きなことを言いあって、温かかったんだなとつくづく思いました。

あの人は私に、健一をとったかわりにか、お小遣いをくれました。私は、以前無縁だった有名ブランドを買いあさるようになりました。グッチ、プラダ、シャネルなど。それは面白いもので、手に入れたときから、もっと上の物が欲しくなるという、欲望に駆られるマジックがありました。私はそれらを身にまとい、いろいろな場所に出掛けていきました。有名ブランドを身につけて飾ることが、自分を立派に見せることだと錯覚していました。実際には、一時、それらは私の心を満たしてくれました。

主人は私がなにをしても、文句はいいませんでした。主人はほんとうに私を愛してくれているのだろうか、と疑問に思いました。

　彼が望んでいたのは、世間体ではなかったのでしょうか。妻がいて、子供がいて、という。妻と名がつけば誰でもかまわなかったのでしょう。私は主人に愛されていないのだ、と思うようになりました。

　無関心、これ以上の侮辱はありません。

　彼は感情のすべてを閉ざしてしまった。彼が生きている部分はあの人との間のことだけでした。あの人のことを口に出すだけで、彼はいつも怒り、それから夫婦げんかになり、いつも彼がとても遠くに感じました。

　健一は私が言ったことを一切聞かない子になってしまっていた。あの子も淋しかったんだろうと思います。私はその時、自分だけの寂しさしか見つめていなかった。今ごろになって健一の心を思いやるなんて……。なんてだらしない母だろうと、自分を責めています。

　誰だって、ガンバレ、ガンバレ、って追い立てられれば、疲れますよね。それは、人間じゃない、機械になれ、って命令しているようなものですから。本音を出して、疲れたよ、なんていえば、弱音を吐くな、ガンバレ、ガンバレ、って、終わりのないガンバレが続いていって……。

　息子は休みたかったんだと思います。高校二年生ぐらいから、ボーッとしていることが多く、とても心配でした。

心理療法を受けるように、と息子にいったのですが、前にお話ししたように、健一は私のいう通りにはならない子になっていました。私は、あの人に頼みました。彼女の怒りはものすごく、なんで健一が精神病院に行かなければならないのか、我が家に精神病はいないのだから、それなら私の家系のほうじゃないか、と見当違いの答えをするのでした。

風邪をひいたら医者に行くように、今は心が風邪をひいたらお医者さんにかかる時代になっているんです、といくら言ってもわかってもらえませんでした。

そんな恥なことはできない、と。恥、恥、あの人はまだ封建時代に生きているんです。家柄、跡取り、身分……。

形だけで生きて何になるのでしょうか?

私は人間らしく生きたいのです。

この組み込まれた中で、私は母の座を捨てて、でも、そこから自立という形で飛び立つこともできず、ブランドもので身をかざり、私はチャラチャラ生きていた。これは私の本当の姿じゃない、と思いながら。

家族という形骸化した家。そこにあったものは空しさでした。

あの人はもう少し早く、健一のことも手を引けばよかったと、いったけど、あの人は、私たちの歩むべき人生にはいり込んで来たのです。

そうですよ、わかったら返してくださいよ、私の息子を、健一を、私の大事な息子です、生きて返してください、時をもどしてくださ〜〜いよ。（泣きくずれる）できないじゃないですか。（しゃくりあげながら）

間

（涙を拭きながら）やっと、ようやくここで私の健一は戻ってきたのです、私の胸に。もういいんだよ、がんばらなくても。私は戻ってきた健一にいってやりたい。そして、力のないダメな母だったと、遅かったかもしれないけれど謝りたいのです。

あの家で、私はただ子供を産むための道具だったかもしれない。あの人には、私の夫だった息子が残っているからいいんじゃないんですか。あの二人のあいだには、私の入る余地などなかったんです。こういう場をつくっていただいて、有難うございました。あの家では私の居場所はありませんでした。そして私が話すことに耳を傾けて聴いてくれる人は誰もいませんでしたから。

ナレーター「三人の方には、心の中を語っていただきました。ふつうはご自分の心の奥にしまっておく痛みを、勇気をもってお話しいただきました。ありがとうございました」

幕

〈参考文献〉

阿部謹也著『「世間」とは何か』講談社現代新書（一九九五）
阿部謹也著『「教養」とは何か』講談社現代新書（一九九七）
信田さよ子・西山明著『家族再生』小学館（二〇〇〇）

了

エッセイ篇

わたしのターニングポイント

（一）

四十歳のとき、はじめてひとり旅をした。行き先は京都・奈良、三泊四日の予定だった。人生の曲がり角でひとりで考えてみたかった。

それまでの数年間、四月二十六日の自分の誕生日には、主人に『時間を下さい』といって、その日いちにちは、自分の好きなことをした。劇場に行って、興味のある劇や歌を聴いた。夜の繁華街でウインドーショッピングしたり、ちょっと豪華なディナーもとった。山本安英《やすえ》の「夕鶴」、杉村春子の「女の一生」、「越路吹雪リサイタル」など、自分へのプレゼントだった。四十歳になったら、一人旅をしたいと思っていた。妻、母、主婦、それらをサラリとおいて一人の人間として自由気ままな旅を。また、年子の息子と娘も中学生、プチ自立、親のいない何日かを経験するのも大事かとも思った。が、問題は夫だった。以前ボランティア活動するときも、一度では許可がおりず、数回トライして、ちゃんと家のことができるなら、という条件でしぶしぶＯＫがでたありさまだった。だいたいが、わたしの行動にもろてをあげて賛成するタイプではない（しかし、気の多いわたしにとっては、いいバランスかもしれないが）。四日間も子供たちを置いてでかける。とんでもないことだ、と夫が反対する事は目に見えていた。了解をとるのはやめにして、強硬手段をとることにした。実行あるのみだ。

主人の留守をねらおう。しかし大工の職人である主人は、毎日家に帰ってくる。ところが、友だちの仕事の助っ人として、たまたま一ヵ月《これは最初で最後だったが》栃木に出張することになった。誕生日から少し遅れるが〝わたしの京都ひとり旅〟は六月と決めた。

その日はすみきった空に明るいひざしがいっぱいだった。わたしは、子供たちに留守をたのんで出かけた。

電車を二回乗り換え、京浜東北線の東京行きの電車に乗った。《これから、わたしの旅が始まる》心がときめいた。早く家を出たかったが、三度の夕食の下ごしらえ、洗濯物をたたんだりして、思ったより時間がかかった。週二回、英会話にいく時間と同じになった。反対側の下りに乗れば、北浦和でいつものレッスンがはじまるのだった。英会話を習って三年目だった。根をつめて英語に集中していた。haveという動詞が現在完了も表す、ということも忘れていた。解らない単語はカタカナで書いて、家で復習するという状態だった。今は少し英語はお休み、わたしは呟いた。

午後の車内はすいていた。梅雨をよぶような車窓を流れる新緑に、わたしは自分の心に吹いてくる新しい風を重ねていた。

蕨駅でドアがあくと黒人が立っていた。黒く艶のある長い髪、ウエーブがかかっていた。平べったい鼻、厚い唇、がっしりした体型。手と足が細いこと、お腹が出っ張っているところは、キューピーに似ていると思ったのは、ペロペロとアイスをなめている口元に、細めている目元に笑みがあったからだろうか。彼女はアイスキャンディーの箱をかかえ、にこにこしながらわたしの隣に座った。英語は休みのはずだったが、わたしは外国人を見ると、口がむずむずするたちだったので、すぐさっきの呟きをとりけした。

わたしは話しかけた。アイスをくれながら、ニューヨークから来たこと、六十歳でリタイアしたばかりではじめてのひとり旅、日本には三ヵ月滞在し、今は池袋のゲストハウスに泊まっている、これから船便のことで横浜まで行く、とのことだった。低くドスのきいた声だったけれど、ききとりやすい英語だった。話していくうちに、彼女も関西に行く予定があるという。「それなら、三日後に奈良の駅で会いましょう」ということになった。もう電車は東京駅にすべりこんでいた。彼女の名前はヒルダといった。

京都に着いたとき、駅はラッシュアワーだった。エスカレーターから、次々と人が現れ、右に左に流れていく。わたしはぼうぜんとして、その人の流れをながめていた。結婚までの三年間OLだったわたしは、その中の群れの一員だった。しかし家庭にはいって十数年、この時間はいつも夕食の準備に忙しい頃だった。とぎれなく続く人の流れ、どこから来て、どこへ行くのか。そのエネルギーに圧倒されていた。わたしが野菜を切っているときも、社会は動いている。かれらにとっては日常だったが、旅人の今のわたしには非日常だった。

宿の情報を得るために観光案内所にいったが、もう誰も人はいなくて、ただパンフレットが風に散らばっていた。その中の一軒の民宿に電話した。いわれたとおりのバス停でおり、電灯もない暗い路を、表札を一軒、一軒確認しながら歩いた。人にききたかったが、誰も通らなかった。心細かった。

ようやくたずね当てた宿に、客は私ともう一人、二人だけだった。安い料金にあった安普請。となりの客の畳の踏む音まで聞こえる。ひそかに話してはいるが、女将と女との会話が耳にはいる。客は近くの寺に生け花を習いにきているようだった。来月は、何日に来ます、という。地方からきている花の師匠なのだろうか、と想像しながらきいていた。

わたしが宿を出るときには、もう隣の人はいなかった。何時だったか、かさこそと荷物をまとめる音を寝床の中でうつらうつら聞いていた。

その日は嵐山をとおって清滝に行く予定だった。京都駅からバスにのる前に、調べておいた禅寺へ今晩泊まれるかどうか、電話した。落ち着いた男の声が応答した。二晩泊まることにした。

電車も宿も決めない、心の動きにつれ、自由きままな旅、――そんなひとり旅がすきなんだ、少し心細さも味わうけれど――。

わたしは呟いていた。

禅寺へ一泊した翌日は、ヒルダとの約束の日だった。わたしたちは同じように約束の時間におくれて、奈良ではなく、京都駅で再会したのだった。わたしにとって奈良は三回目だった。ヒルダのために予定を変更して東大寺へ行った。有名な大仏の説明を英語でしようとするが、むずかしい。日本語でさえ理解できてない、ということは通訳もできない、ということだった。歴史も、仏教もよくわからなかったから、半端な通訳だった。私は二度もおとずれながら、ただ大仏さまを拝していただけだった、ただ表面的に、と思い知った。

寺のまわりの出店で、わたしはチューリップの形をした細長くて丸い、赤い帽子を二つ買った。六十歳のヒルダと四十歳のわたし。同じ赤い帽子は友だちのしるしだった。帽子の次は思い出のための写真が欲しい。ちょうどカメラを持っている男の人が、ちいさな山門の脇に座っていた。その人は快くおうじてくれた。後で彼はこの近くに住む宮大工とわかるが。写真の送付先を書き、心ばかりのお礼に、手にぶら下げていた袋（おいしそうだと思って買ったフワフワのパン）をあげた。

寺をまわって、京都へ戻る車中で、今わたしの泊まっている禅寺に一緒に泊まらないかとヒルダを誘った。この体験は外国人にはなかなかというか、めったにできないと、力説した。まず第一に座禅が組めること、そういう寺への伝手が外国人にはむずかしい、よしんばOKをとっても、通訳が必要だ、今のあなたには全部が揃っているのよ。わたしの誘いに応ずれば貴重な体験ができる、と。ヒルダはゲストハウスに泊まるからと、躊躇していた。わたしは経費は全部だすからとうけおった。わたしの熱意に諦めたのか、ヒルダはうなずいた。

撮影所近くにそのゲストハウスはあった。一軒の古い普通の民家だった。ヒルダが荷物を持ってくるあいだわたしは、うろついた。女性は二階、男性は一階とわかれていた。ここは外国？　と思うほど外国人に多く会った。下の十畳ぐらいの広い座敷には、回り廊下がついていた。そこには、外国人特有の大きいスーツケースが、築地のせりのマグロみたいに並べられていた。この広間で、布団をしいて雑魚寝するらしい。二階へのぼる階段の脇に小さなテーブルがあり、いつでも飲めるようにコーヒーセットがおかれていた。

タクシーで、寺まで急いだ。奈良から、ゲストハウスと回り、だいぶ時間がかかって門限ぎりぎりだった。

前日と同じように住職の奥さんが応対してくれた。なにごともないような態度にわたしは安心した。実は、前夜、同室で一緒になった三十代の若い女の人と、人生相談のような長話をしていたら、夜中になっていた。『いいかげんにして早く寝ろ！』の一喝の声にわたしたちはびっくりした。客は自分たちだけだと思っていたから。日本間の襖に区切られた別の一角のところで、住職が寝ておられたのだった。

ヒルダとわたしが案内されたのは昨日とおなじ日本間だった。長い廊下の外の庭園では枯れかかった黄色の苔も暗闇の底に沈んでいる、歩きながらわたしはチラッと思いだしていた。

寝る前に風呂に入ることになり、ヒルダが先にはいった。

次に入る準備のため、脱衣所をのぞくと籠の中の衣類の上に、彼女のトレードマークのような豊かな黒髪のかつらがフワッとのっていた。

昨夜はおそくまで話をして眠れなかったが、その夜もなかなかねむれなかった。ヒルダも何度も寝返りをうっていた。

朝、座禅を組むために本堂にいった。今日も客はわたしたち二人だけだった。静かな雰囲気、座る習慣のないアメリカ人のヒルダは、足を組もうとして、ストンとあっけなく後ろにひっくりかえった。

寺を出ると、亀山公園に行った。午後の新幹線でわたしは帰ることになっていた。話す言葉はすくなかった。ヒルダは、寺での経験は無駄だと思っているかもしれない。あやまることはないだろうけれど、熱心にすすめただけに、空振りの感がいなめなかった。そういう胸のうちを話す英語の語彙がなかった。眠気が残っていたので、繁みをさがして、その中で二人は昼寝をしてから別れた。――いつかわたしの家に遊びにきてね――最後にわたしは言った。

（二）

ヒルダを越谷のわが家に招待するということも、ギリギリまで夫にいわなかった。わたしの中では、いつも夫は何事も、というかほとんど反対する人というイメージで固定化していた。その代わり、会う友だちごとに話した。あまりよく知らない人を家に泊める、それも外国人、まして黒人。それはわたしにとってもはじめての経験だし、とてもエキサイティングなできごとだった。これを人に話さずにはおられようか、夫以外には。反応はいろいろだった。

「どんな人かよく知らないのに？」

「私は、そんな人に家の中を見せられないわ」

そういわれると、喜んでいるばかりでなくグレーな部分も考えなければならないだろう、と自分の心のうちを見直した。

まず、わたしはインスピレーションで動くところがある。ヒルダとの出会いも、黒人だからという感覚はまったくなかった。しいて自己分析すると、人間として、相手の懐にとびこんでしまうのかもしれない。しかし、それは誰でもいいのではないのだから、そこに無意識的な何かの働きがあるのだろう。もし、その人が変な人だったら？　出て行ってもらえばいい、と腹をくくっていた。間違った判断をした自分に責任があるのだから。

お客様を招待するためには家の中をきれいにする必要があるとするならば、わが家に客を呼ぶ機会は永遠にこないだろう。わたしは友だちとしてヒルダを呼ぼうとしていた。あんまりきれいな家じゃないかもしれないけれど、わたしってこんなのよ、ありのままのわたしを知ってもらえばいい、のだ。

そんなわたしは、物好きな人と見られているかもしれない。

わたしの京都ひとり旅のことは、夫に事後報告をした。細かい話は聞きたがらない人だから、二言、三言ですんだ。

ヒルダを呼んだことは、一週間前に、きめたこととして話した。夫はべつにNOとはいわなかったが、朝晩顔をあわせる、どうなるかわからなかった。

約束の日、わたしはゲストハウスにヒルダを迎えにいった。意外にも、池袋駅から近く、歩いて十五分くらいのところで、大手の貸衣装店が目印になっていた。そこは木造の二階建ての古いアパートだった。彼女の部屋の料金は月一万円だという。日本人だったら貸すという発想にはならない、玄関脇の土間の狭い場所だった。でも、三ヵ月という長期滞在の外国人にとったら、安さは魅力だろう。場所がら、水商売につとめているらしい、若い金髪の外国人の女の子の姿も目にとまった。

アパートの一部を日本人に普通に貸して、空いた部屋はゲストハウスとして外国人に貸す。布団は借主が用意しなければならなかった。ホテルではないから。ヒルダの部屋にも、買ったピンクの布団が隅に重ねてあった。それを帰国するとき、船便で送れるか、料金はいくらか、などをきくため横浜へ行く途中でわたしと出会った、ということがそのとき、わかったのだった。中国人と思われる管理人とヒルダは仲良しのようだった。ヒルダはいい人よ、よく掃除してくれるよ、彼女は英語でいった。

駅への路で、ヒルダがよくくる店と言って立ちどまり、これおいしいよ、と指さしたのは、鯖の味噌煮だった。ニューヨークとそれは結びつかなかったが、わたしも鯖の味噌煮がすきだったので、ちょっぴりうれしかった。

ヒルダと行動すると、日本人のわたしから見た日本が、外国になるおもしろさがあった。

日本人同士の細かいネットワークのすきまに、英語を媒体として日本での外国人ネットワークがある。ひとつ言語が出来ると、人生が変わるかもしれない、と以前きいた言葉をわたしは思いだしていた。三年間しか習っていないわたしだから、そんなに英語が話せるとは思えない。ヒルダがやさしい言葉を選んでしゃべっていることは、推察できた。あの亀山公園での別れのとき、彼女は遠慮がちに、「ヨシコ、あなたの言葉のあいだにはさむ、ネ、ネ、というのは、どんな意味なの?」と聞かれた。外国人とそんなに長く英語で話したことがなかった。それはたんなるあいづちだった。

夫がヒルダが来て、反対でもないとわかったのは、家族といっしょに焼肉をたべに行ったときだった。わたしはほっとした。酒が入っているせいもあるだろうが、オーバーな身ぶりでヒルダにうなずいたり、大きな声で笑ったりもした。子供たちも、単語をさがしながら、また英語はとばしてジェスチャーで意思を通じさせようとした。

着るものを買いたいというので、一緒にでかける。駅に向かうために、わたしとヒルダが並んで歩く。向こうから来る人は、一瞬ぎょっとする。小柄な日本人を見慣れているここいらへんの人にとって、大柄な黒人が歩くのを見るのは、初めてだからだろう。誰でもはじめての経験だから無理もない、だが、通りすぎるときヒルダは、「おはようございます」と、はっきりした日本語で挨拶する。そうすると、後ろのほうで、おはよう、むにゃむにゃと、一拍遅れた返事が返ってくる。

いろいろなシーンにヒルダがいる。

流しにつけっぱなしの食器を洗ってくれる、友だちだからと、言うヒルダ。

うれしそうに、得意そうに風呂からあがったヒルダの着物姿、留袖だ！　おどろくわたしが。

(三)

ヒルダと出会ってから、数年後、彼女の招きでニューヨークに行った。ブルックリンに彼女は住んでいた。日本人の間では危険地帯といわれていた、ということは後で知った。

それから少しして、七十歳になったヒルダは、ガンの病をかかえて、来日した。手首には名前の入ったプラスチックをはめて。死を覚悟して。痩せ衰えて。彼女の最後の旅になった。

彼女が死んだことは、妹のユーナスからの電話で知らされたが、わたしには伝わらなかった。電話を受けた夫は英語がわからなかったから。あるとき、電話をして、ヒルダの死を知った。ちょうど、セレモニーをするところだとユーナスはいった。

日本人的発想で、ヒルダのお墓参りにニューヨークを訪れ、ユーナスと会ったが、わたしの望みはかなえられなかった。

墓がないのか、よくわからなかった。そのとき、白人のフローレンスを紹介してもらい、そこでホームステイさせてもらった。彼女は八十歳近くの白髪のピアノ教師だった。一人で住んでいるから、ヒルダやユーナスと同じく独身だと思っていた。

何回かユーナスに電話するが、つながらない。

昨年（平成二十年）、フローレンスの死を知り、メモリアルに参列するため、十二月にニューヨークを訪れた。街はクリスマス一色だった。わたしが着いた翌日、大雪になった。フローレンスの娘さんたちに会うのは、はじめてだった。ユーナスの消息を知りたかったが、逆にそのことを質問されてしまった。手紙が来ないし、ユーナスはもうこの世にはいないのかもしれない。

今までは、明確な目的もないまま旅行してきた。短期滞在だが二十数年のあいだ、十数ヵ国海外を旅したことになる。ヒルダを訪れたニューヨークから、わたしの海外ひとり旅は始まったのだ。そして今回、ＤＶのシェルターを訪ねたいという希望ももっていた。

はじめてで、知りあいもなく、秘密と思われるシェルターを探すことはむずかしかった。滞在日数は少なかった。しかし、日本で時差の関係で真夜中コンタクトをとっていたグループが、思いがけず受け入れてくれた。場所はブルックリン。

わたしは、雪の中、宿泊先のマンハッタンから地下鉄でブルックリンに向かった。そうだ、はじめてアメリカへ来たとき、ヒルダの住むブルックリンから、歩くとコツコツ音のする木のブルックリン橋をわたって毎日マンハッタンにいったんだった、ヒルダはふざけて、橋の真ん中で、赤い箸をかんざしみたいに、あの黒く長い髪に二本さして、わたしたちは笑いころげた。「鬼みたいだわ！」

地下鉄をおり、なかなかこないバスにいらいらし、バス停をまちがえて一つ先におり、雪のため、靴はびしょびしょになりながら、迷いながらたずねたシェルター。入口には大きなクリスマスツリー。みんな笑顔で迎えてくれた。ハーレムから約二時間かけて通っているという代表者は七十歳前後の黒人の女性。スタッフもほとんど、黒人の女の人たち。

どこかでヒルダが微笑んでいるかもしれなかった。

一つの出会いから、ささやかな線が、次から次へとつながり、拡がっていき……。七十歳近くになるわたし。ヒルダとの出会い、ブルックリンというキーワードで、わたしの中になにか、輪がつながる思いが感じられる。そして誰かが、次のステップを用意してくれているような……。

提灯屋のおタカさん

越谷市にある大沢交差点はラジオの交通情報によく出てくる所だ。その交差点のそばに提灯屋はあった。平屋建てのつつましい家。磨き上げられた格子とピカピカに光るガラス戸。店の中では、一心に提灯に文字を書く年老いた小柄な女が座っている。いつも髪をゆいあげ、頭のてっぺんで丸めていた。着馴れた着物姿が多かった。

いつから独りで住むようになったか、知らなかった。私がこの町へ越して来てからは、その人はいつも一人だった。

「あんたね、選挙の忙しいときにだね」

一人暮らしの実態調査のために訪れたとき、これがおタカさんの最初のセリフだった。

「選挙用のビラを早く書いてもらうために、何人もの人が来て、こっちが先だ、いやオレのほうだって、殺気立ってる時に、電話だ！　出ると『こちらはボランティアでございます。ただいまお一人暮らしの方へ友愛電話をしています。お元気ですか？　お寂しくはございませんか』とくるんだ。こちとらは選挙の戦いの最中なんだから、元気も元気、早く仕事しなくちゃいけないのにだよ！」

明るさのある苦情だった。筆一本で生き抜いてきた強さがあった。そのあけっぴろげなおタカさんの様子に、私は勝手に親しみを感じた。

そのあと、二、三回お茶をご馳走になった。

冬は火鉢、夏は扇風機、その店内は彼女の一人舞台だった。新聞を広げ読んでいる、煙草をふかしている、それらの色々な姿を見たいために、私はたまには遠回りして買い物に行ったものだった。

ある時は、友だちと喧嘩して、駆けこんだ。「あんた、それはいいことだよ」

意外な言葉に私は、虚をつかれた。

「だって、喧嘩するほどの仲なんだから、それでその人との関係の深さが分かるんだよ」

身内を全部結核で亡くしたこと、結婚したかどうか、それをきいたかどうかも忘れた、私にとってどうでもいいことだったから。

英語を習っていた私は、京都への旅の途中で、一人の黒人女性と知り会った。三ヵ月の日本滞在とか、我が家へ招待した。そして私はおタカさんの店へ一緒に行った。

「おお、ニューヨークから来たのかい？　船で来たのかい？　ええっ、飛行機でかい。あんたは金持ちだね」

彼女は着物の袖を振りながら、指を突きだし、ワン、ツウ、スリーってこれも英語だろう？　サンキュウ、バイバイも。彼女はありったけの英語を並べた。これほど差別心なく黒人に心を開いた人は私の周りにはいなかった。笑いの華が咲いた。

年月が流れた。おタカさんの姿が見えなくなった。地元で生まれた人だから、親戚もいるだろう。気がかりながら、所詮私は観客の身だった。そのころ、おタカさんの噂を聴いた。親戚に老後の世話を頼んだところ、金目当てだといわれるのがいやだ、とことわられたという。

交差点の斜め向かいに食堂があった。食事の配達をしていたためだろうか、詳しい経過はしらないが、そこが面倒を看るようになったらしい。おタカさんが今までいた場所には、大柄な遊び人風の若い男が筆を持って座るようになっていた。多分食堂の息子だろう。『あの男が書く字はダメだ』そんな噂が流れた。

季節がかわった。空き地に白色の新車が目についた。

おタカさんがいなくなってから数年がたった。座っていた若い男の姿が消えていた。新車と共に。そして食堂も。

しばらくすると、ガラス戸も数枚割れて、人けのなくなった家は、ガランとして、家の周りには枯葉が風に舞っていた。

いつのまにか、家はなくなり駐車場に変わっていた。

その傍をとおるとき、想い出の中のおタカさんが浮かぶ。小柄でいつもの着物姿、一生懸命働いて、生きたのですね。私は心の中で彼女に話しかける。

私の中のおタカさんはまだ生きている、歩きながら呟く。

ワタシ流海外ひとり旅

X月X日（金）晴

成田十二時過ぎ発。

今回は約二週間で、アメリカ、フランス、イギリスを廻る予定。手にしているのは、飛行機のチケットとガイドブック。フランスでは、新しい芸術、ガラス絵の〝ジェマイユ美術館〟を二ヵ所まわり、ロンドンでは、「漱石記念館」を見て、庭の美しいホテルに泊まりたい、というざっくりとした計画だ。

搭乗手続きをしているとき、後ろで並んでいたパキスタン人が、「そういうスタイルだったら安全だね」と微笑みながらいった。ナップサックにハンドバッグ、息子のお古のジャンパー、ズボンにスニーカー、これが私のいつもの旅のスタイル。

十三時間飛行機の中だが、映画やラジオありで、飛行機大好きの私だから、楽しく過ごす。旅の期待で心がはずむ。

未知の国で、お金の勘定もできず、日本での日常がスムースにできなくて空っぽになる自分が面白く、一人旅にはまっている。ほとんど、ホテルもきめず、行き当たりばったり、心まかせがワタシ流の旅。

X日（土）晴

ニューヨーク十五時過ぎ着、予定到着時間より二十分遅れた。

フローレンスのマンションで、二回目のホームステイ。今回はヨーロッパを廻るため、経費がかかるので、素泊まりで無料にしてもらう。

日本で知りあったヒルダの友だちの友だちがフローレンス。

夕食は、インスタントの素を持ってきたので、パタパタ、混ぜ混ぜして簡単ちらしずしを作る。ピアノ教師の彼女は健康に気をつけていた。前回訪れた時には、白くなった生米に、苺とその赤い汁のボールを冷蔵庫からとりだし、日本人の私からみると奇妙なランチを食べていた。私には考えられない食事だった。これが日本のお寿司（？）よと、いうところをみせたかった。

X日（日）曇

ダウンタウンにバスで行く。劇場の集まっているブロードウェイあたりで、金銀の吹雪が舞う。突然なので驚いたがとてもきれいだった。しばらくすると、ハッピーニューイヤーの名残の紙吹雪が、陽に輝いてキラキラしたのだと、思いいたった。日本で松の内を終えてきた私には、得した気持。

チャイナタウンへまわる。活気があって好きな場所だ。なぜかここにくると、ホッとする。にらまんじゅうと焼きそばを食べる。大通りにある「マック」はトイレを使うのに便利だ。店内は汚れているけれど。チャイナタウンをうろつくためには、トイレの場所を確保するのは必要だ。

X日（月）晴

私の泊まらせてもらっている広いベッドがある部屋は、木作りの床で、六畳くらいの広さだ。窓からすぐのところに、近くの橋が見える。朝日が鉄橋の欄干を光らせながら動く。その光の動きがおもしろい。ちょうどその時、フローレンスが練習しているピアノの音も聞こえて、心地よいひと時。

年代物のタンスの上には、彼女の若いころのパーマをかけたセピア色の写真がある。このときの彼女は、ピアニストを目指していたのだろうか、と想像する。今の彼女は白髪に、黒縁メガネ、ロシア系らしい顔形で、ピアノ教師として忙しい日々を送っている。そのそばには、コインが幾枚か重ねておいてある。もし、この小銭で私を試していたら、と一瞬不安がわいた。でも、七十歳以上の彼女だが、現役でピアノを教えているし、健忘症でもないだろうから、大丈夫だろうと、自分の心を納得させた。しかし、この一瞬の不安はどこからくるのだろうか。

夕食は、YMCAホテル近くの日本人経営の和食レストランに入る。金髪のアメリカ人の若者が、お燗した酒を飲んでいる図を見るのはおもしろい。スタッフ全員は日本人。アルバイトの店員の会話で、自分が日にちをカン違いしている事がわかった。明日パリに行くのだと思っていた。チケットを受け取ったとき、三泊してからパリに行くのだとざっくり思い、その気持を持ったまま、チケットもよく見ていなかった。バッグから取り出して、確認すると、もう二時間も経つと、パリへ飛行機が飛びたつ。私のこのミスがわかったのだろう、スタッフの一人がやってきて、「こちら外国の航空会社は、日本と違って空いていれば、乗せてくれますよ」と教えてくれた。空港での直談判がいいらしい。いいことを聞いた。

帰ったら、フローレンスの寝ている部屋から、ラジオの音が消えていた。自分が寝ていた部屋を私に明け渡して、フローレンスは隣の小部屋の簡易ベッドで寝ている。

XX日（火）晴

飛行機の件は何とかなるだろうと思って、フローレンスにサンクスカードと、小さなてまりをプレゼントして、バイバイする。

だいぶ歩き疲れたところに、シャトルバス乗り場の表示があった。助かったと思い二階に上ったら、まあなんと、各航空会社の受付があった。チケットを見せてからバスに乗るのだった。乗り遅れたチケットではだめだ。太めの受付の人の答えも、もちろん「NO」だ。空港での直談判は失敗に終わる。「じゃあ、日本へ帰るわ」すぐ私はいった。彼女はなぜか、笑みを浮かべながら、旅行会社に電話してみなさい、と電話番号を書いた紙をくれる。こちらの支社に電話するが、パリ行きは三日後しかないといい、東京の本社に電話するようにと、アドバイスを受ける。しかし、時差の関係で、日本は夜中。近くの安いホテルに泊まる。フローレンスのところへは戻りたくなかった。

XX日（水）晴、少し風。

朝、コーヒーを飲むため、店に入る。旅のはじめなのに自分のドジ加減がいやになる。誰かが読みすてていった新聞紙が風にめくれている。見るともなしに見ていると、広告が多い。その中には、旅行会社のページもある。思わず、何となくパリ行きの三社をメモする。

ようやく、東京と連絡がとれたので、「だめだったら、日本へ帰る」といったら、航空会社と交渉するので、三時間後にまた電話するようにいわれた。いわれた時間に電話すると、「ようやく、ロンドン、サンフランシスコの便はOKとなりました」とのこと。ロンドンまで行くのも面倒だから、日本へ戻るといったら、せっかくねばって交渉したのですから、ロンドンから帰っていただきます、ときっぱり言われた。

パリへのチケットを買うため、メモした中から一社を選び、捜しながら行った。アラブ系らしい会社だった。電話では明日の便といったが、今晩の便もあるかと、ダメもとで訊いたら、あるというので、その夜パリに向かった。

XX日（木）曇

十一時すぎ、うすぐもりのパリに着く。トゥールにある「ジェマイユ美術館」へはTGV(フランス国鉄の高速鉄道)で三時間ぐらいだから、空港で観光客用の絵葉書を買い、印刷してきた、アドレスの紙を貼りつける作業をする。『二十一世紀、パリからこんにちは』の便りは素敵じゃないかと、思った次第。ふと見ると、ゴミ箱は段ボールで作られ、中には透明なビニール袋が入っている。捨てるのは簡単だ、なんて合理的な国だろうと、思ったが。

フランスへの旅は二度目だった。二十数年前、原宿であった「ミス・コンテスト」の投票に応募して、パリ優待に当たった。同伴者も一名OKだった。多くの人があこがれるパリ。行きたかった。でも、私には無縁だと思っていた。自分が自分を縛っていたのかもしれない。商社勤めの夫を持つ友人に話すと、「めったにない機会だから行きなさいよ。私も行くから」と言ってくれた。背中を押された気持で、夫に経緯を話したら、あっけないほど、すぐに許可がおりた。

パリ優待格安の意味は、自由時間がたくさんあることだった。ツアーに含まれているのは、パリ半日観光とセーヌ川のパーティーだけだった。オプションということで、別料金を払って、ロワール城めぐりや、ヴェルサイユ宮殿を見学した。ツアーで廻ることは効率的で、時間の無駄がないが、私にとってはうすい時間だった。

数人でパリの街を歩いていて、庶民的でおいしそうな店にランチのために入った。ウエートレスは陽気な太ったおかみさん風だった。テーブルに座った我々は、メニューを前に辞書を引きはじめる。なかなかわからない。陽気なおかみさんも、この忙しい時にと、不満の態度がちらちら見えかくれする。そして時間が経ってから、「あれ」と他人が注文した皿を指さすことで、ようやく食べることができた。この方法が一番簡単だった。それ以後、私はレストラン恐怖症になり、喫茶店ばかり入り、細いフランスパンを横に切って、ペラペラのハムとレタスをはさんだフランス風サンドイッチや、スナックなどを食べて、しのいだ。普通の食事に飢えていた。最後の夜に、日本のデパートにいって、英語の分かるレストランを教えてもらって、念願の大きなボールにはいったサラダを食べたが、でるとき、あっ、かたつむりを食べなかったと思ったものだった。

そのランチのあと、歩いていると、ファッション関係らしいアメリカ人に『イッセイ・ミヤケ』の店を聞かれた。仲間の一人がイラスト入りの本をもっていて、一緒に探すことにした。私は、そのアメリカ人と何か話したくて、頭の中の英語を捜したが、天気のことしか浮かばなかった。しばらくして、らちが明かないと思ったのか、その人は去っていった。ひまがある我々は、まだ続いてその店をさがした。通りかかった婦人に私は片言の英語で尋ねた。彼女は親切で、その場所まで行って、移転したということまで聞いてくれた。フランス人は英語がわかっていても、英語は話さないと聞いていた。が、娘が山梨で働いているということで、我々日本人に親切だったのだろうか。その時行動したグループには、卒業旅行の若い女性もいたが、彼女らは、英語も全然話さなかった。しかし私はこのとき、英語でのコミュニケーションに興味をもった。話したくても話せない、もどかしさ、そのもやもやが原点だ。

残りの日は、一人での行動だった。小学校の時の友だちで、ソルボンヌ大学に留学した人がいて、彼のアドバイスで、「クスクス」を食べた。洞窟のような店だった。「クスクス」というのは、アフリカの料理で、スパゲッティを細かくして、粒状にしたもので、肉や野菜と煮込んだ料理だ。味はともかく、真っ白なテーブルセンターにコーラをこぼし、その鮮やかな色が失敗とともに思い出にある。

また郊外にあるという通称「ドロボー市」も探し当てていった。片一方のイヤリングや、いま喫茶店から持ってきたばかりの灰のついた灰皿などが地面の上に並べられていた。そこには背広も置いてあって、「これいくら?」という客に、売り主がこれは売り物じゃない、とあわてて木にかけ、思わず笑ったシーンもあった。

このはじめての海外旅行から、私はお決まりのツアーより、行きあたりばったり旅の面白さをみつけたのだった。効率を優先するより、自分の時間の流れにそって動く。失敗もあるかもしれない。また、人に出会う旅かもしれない。ワタシ流の旅。でも、自己責任は基本だけれど。

空港でのアドレス貼りの作業には飽きたので、中をうろついていたら、奥まったところに、ホームレスがため込んだ荷物が置いてあった。国際空港なのに意外で面白い発見だった。

夕方六時、トゥール着。駅に降りる時は、車内の近くの人にチケットを見せて、教えてもらう。

いつものように行き当たりばったりで、レストランの二階のホテルに泊まる。八十五フランで、広さと値段はビジネスホテル並みだ。私にしたら上級の部に入る。ここら辺りは、レストランとホテルが兼用しているらしい。

XX日（金）晴

目当ての「ジェマイユ美術館」へ行く。手にしたガイドブックには載っていない美術館だ。十時出発。この静かな町には、バスがあるのみ。バスに乗るには、停留場の確認から、運賃の支払いや降りる時にどう合図すればいいのか等、旅人の私には面倒がいっぱい。だから敬遠して、東京の展覧会で手にいれたパンフで、番地は知っているのだからと、ホテルの人にも聞かず徒歩で行くことにする。

フランス語を習っているにしても、まだ初歩の段階だ。そこで、重宝な「ジュブドレ××」という、この旅の必要で覚えたフレーズを使うことになる。「私は××が欲しい」という意味だ。美術館への道を、たぶん五人以上の人に訊いたと思う。とても丁寧に説明してくれる人もいて、「この道をまっすぐ行って左に曲がって、また次を云々」、と言われても、語彙の少ない身にとって、とりあえずまっすぐ行き、それからまた別の人に訊くというパターンで、約二時間かかって美術館に着いた。しかし、冬季のため、平日は休館。明日の土曜日にもう一度来ることにする。

夕飯はホテルの下のレストランで、牛の赤葡萄酒煮を食べる。どうも私は、中華系が好きだと改めて思う。

部屋にもどって、バスにつかり、小物のハンカチなどを洗濯して、干すところをさがした。ビニールカーテンが部屋の奥にあり、そのレールあたりに干そうと思い、カーテンを引いた。そこにはトイレがあり、びっくりしたと同時に納得したのだった。シャワー室だと思いこんでいた私は、バスのそばの便器で用をたしていた。それは、私が一度も見たこともなければ、知識もない「ビデ」だというものだと思い至った。

とりあえずの私は、部屋に入ってもすみからすみまで点検はしないのがいつものこと。ビニールカーテンの向こうはシャワー室だと思いこみ、ビデで用を足していたことになる。流れが非常に悪い、これではフィリピンのトイレ事情と同じだと勘違いしながら納得していた。もう一つのカン違いは、インドへ行ったときのことと関連している、と私は自己分析した。去年貯まったマイレージでインドへ行った。その時出会った、日本の写真家の人に、「マイレージを貯めたいのなら、アメリカの航空会社を使って、アメリカを出入り口にしてヨーロッパへ行けばいい」というサジェスチョンをもらってこの旅になった経緯があるのだが。

ビデのそばには蛇口があり、そのそばには小さなタオルがかかっていた。インドで、はじめはティッシュペーパーをつかっていたが、紙を使うと流れが非常に悪い。二日もすると、手を使うことになる。そのインドでは、紙のかわりに、蛇口と手桶が置いてある。「郷に入っては郷に従え」モードだ。この部屋に入ったときから私の思考はインドモードになっていたのだろう。そうか、よごれた手をあの蛇口で洗い、小さなタオルで拭くのねと、独り合点したのだった。大きな声では話せない一件だ。

ビールを飲んで寝た。

XX日（土）快晴

昨日通った道を歩く。敷石道《しきいしみち》では自分の足音がひびく。冬の日差しが快い。ここでの私は、妻とか、母とかの肩書をハラリと捨てた一人の私。旅人の私。塀の向こうから子供たちの声が聞こえてくる。学校なのだろうかと、想像する。歩いていると数店のチョコレート屋さんが目につく。「フランス人はチョコレートが好きなんだわ」と、ひとりごと。こういうふうに私は、時間をかけて私なりに、トゥールの街を味わっている。私ももうすぐ六十歳になる。もう二度とこの街を訪れることはないだろう、と思うと、しみじみとした気分になる。ここにも一期一会がある。

「ジェマイユ美術館」は重々しい門のなかにある。緑の蔦が館全体をおおっている。ひっそりした館内の受付には初老のマダムがいた。一階と二階の展示を廻る。以前東京で見た絵もあった。建物をいったん出て、インスタントの頼りないはしごを降りる。と、そこには、丸くくりぬいた空間があった。昔は礼拝堂だったという、うすぐらい壁の四ヵ所には、光を抱いた絵がかかっていた。眼についたのは、赤、黄、オレンジ色のドレスを着た少女が、横を向いて座っている絵だった。長い髪にベレー帽のような帽子をかぶり、灰色がかった大きな指輪を左手にはめている。イヴ・ジャン・コメールの原画の「野生児」だった。このジェマイユの作品は、創始者のロジェの作品だ。『また会えたわね』私は心の中でそっと呟いた。そのなぜこんなに惹かれるのか。媚びたところは一つもなく、孤独が感じられるのだった。そのにじむような孤独に私はひかれるのだろうか。二年前、東京で開催された「ジェマイユ美術展」の中で好きになり、急きょ会員になり、三度も見た作品だった。

この「ジェマイユ」は、別名「ガラス絵」ともいえるだろうが、新しい芸術だ。「ジェ」とは、宝石という意味で、「マイユ」は、七宝と訳される。これを名づけたのは、ジャン・コクトーだ。「ガラス」というと、ステンドグラスを連想するが、教会に多く見られるステンドグラスは、ふちどりに黒い線が見られ、使うガラスにも制限があるが、この「ジェマイユ」は、さまざまな色と、くもりガラスなどのように、多種多様の素材が使えるのだ。そのため、芸術までに価値を高められるのだった。そして、創始者のロジェは特殊な接着剤も発明した。工房では、梯子段の上から、長い棒をつかって、原画にそって、さまざまなガラスを重ねて創りあげていた。

ステンドグラスが自然の光を使うのとは違い、この「ジェマイユ」は、後方から人工の光を当てる、そうすると、光を抱いた絵が現われ、宝石のように輝くのである。この芸術に魅入られたピカソは、何点も自作の「ジェマイユ」の絵に、ＯＫのサインをしたのだった。

また、創始者のロジェが孤児院で育ったため、初期には、これを孤児の職業とした。この新しい芸術にはこのような特別な社会背景がかさねられていて、名づけ親のコクトーも協力を惜しまなかったようだ。パリの地下鉄「フランクリン」のホームでも一枚の「ジェマイユ」

が輝いている。が、もう二度と、この「野生児」には会えないだろうと思いながら、私はこの少女と心の中で会話しながら、その絵の前にしばらくたたずんでしまった。

XX日（日）曇

昼過ぎ、トゥールをでて、夕方五時すぎ、ルルドに着く。ここにも「ジェマイユ」がある。駅から出ると、この町は休眠状態だとわかった。土産物屋が開いているだけで、私の望んでいた、部屋から雪のいただく山々が見えるという駅近くのホテルも休業だった。

『しょうがない、行き当たりばったりの旅だから』

夕闇が迫ってきていた。

少し歩くと、道のすみにホテルの表示のチカチカした電光板の看板が見えた。救われた気持で、私は右に曲がった。

そこは小さな建物だった。ベルを押すと小柄な老婦人が顔をだした。浅黒い肌、彫が深い無表情ともとれる顔、そういう硬い表情に以前会ったことがある。と、一瞬私の記憶にふれたが、それもすぐに流れさった。このプチマダムの案内で木の階段をのぼった。部屋の中はベッドが大半をしめていた。トイレとバスは共同なのだろう。私は昨日泊まったホテルと無意識に比較していた。

彼女との会話は、ほとんどがジェスチャーだった。ポルトガル、ポルトガル、という単語はわかったから、たぶん彼女はポルトガル人なのだろう。私もジェスチャーで、一晩いくら、という意味で指を一本立てた。うなずくと、彼女は両手を開いて五回つきだした。五十フラン？　確認したくて、私は紙に五十という数字を書いた。見たのかどうか、彼女はまた同じ動作をした。一瞬間があいた。しばらくして私も両手を使い、五回つきだした。了解のつもりだった。プチマダムの顔に笑みが浮かんだ。

XX日（月）晴

朝出勤してきたオーナーのムッシュに、宿泊代を払い、夜八時まで荷物を預かってもらうように英語で頼んだ。（初めてのパリ旅行のあと、私は英語を習っていた）パリへの帰りのチケットを買うとき、最終列車があり、急きょその深夜便で帰ることにしたのだった。一泊のホテル代の倹約になる。

シャッターの降りた店々を見ながら、坂道を下りていくと、真ん中に小さな橋がかけられ、大きな聖堂を中心とした聖域になるようだった。そこを横目に見ながら陽だまりを選んで歩いた。少し行くと、コンクリートの壁のところどころに、蛇口が出ていて、観光客らしい人たちの姿が見えた。その水を飲んでいる人や、水筒に詰めている人たちがいる。これは奇跡の水といわれて、信仰の厚い人たちが神の水という。私も真似して飲んだが、違いはよく分からなかった。

ジェマイユのある「聖ピウス一〇世記念地下バジリカ」の矢印の表示にそっていくと、マリヤ像のある洞窟のそばには、長いロウソクを輪にして、ピラミッドのように立ち並び、炎がゆらめいていた。今は数えるほどしか人はいないが、夏になるとたくさんの病人や車椅子の人びとも集まる、私はガイドブックに載っていた写真を思い浮かべていた。「聖ピウス」と書かれた地下は、半地下になっていて、大勢が集まる広場だった。運動場のような大きさで、オーイと呼べばこだまが返ってくるような広さだった。その壁面に、十数枚のキリストの一生を描いた、ジェマイユが点在していた。ジェマイユの創始者ロジェの奉納だった。目的は信仰のためで、私には少し物足りなかった。その空間には誰もいなかった。

目的の絵を見終わると、あと八時までの数時間をどう過ごせばいいのか。外で時間をつぶすには寒すぎる。

遅いランチを食べて、コーヒーを飲んだ。手にした文庫本にも身が入らなかった。ここで少しねばろう、とまた間合いをはかって、ジュースを頼んだ。私のお腹はガバガバだった。

店内では、現地の若者たちがふざけあっている。ねばりにねばって六時すぎ、レストランを出た。また少し休める所をさがさなければならない。外に出ると、寒さがすぐ来る。薄暗い通りにパアッと灯があるところに期待していけば、パン屋だったり、アクセサリーを売る店だったりする。『どうすればいいだろう』町をうろついていた私の耳に、「カラン、カラン」と小さな鐘の音が聞こえた。その音をたどっていくと、夜空に教会のシルエットが浮かんだ。中で休ませてもらおうと思って、ドアを開けて、後部の席にそっと座った。ホッとする。壇上には牧師さんが立って、なにか話しているが、意味はわからない。時計は七時前だった。ここに住む人たちもボツボツ集まってきている。寒さで鼻を赤くした男、いま家事をしてきたらしい化粧っ気なしの主婦。彼女はスカーフをそっと取ると、正面に向かって歩いて行く。ここには日常がある、と旅人の私は思った。私はふと、こういうふうに世界中で、みなつつましく生きて生活している人たちがたくさんいるだろうと感じた。

私も旅が終われば日常へ戻っていくのだ。

その時、ひらりという形で、出口に近い席の私の隣に、黒人の若者が座った。

彼がフランスというばかでかい名前を持っていることを知ったのは、教会を出て、駅への道を歩いていたときだった。私たちは一緒に外に出たのだった。座っている時、長い足で貧乏ゆすりをするから、止めなさいと鋭い視線を投げたつもりだったが、そんなことに気づかない彼は、私も同じ観光客とふんで「私もホリデーでここに遊びに来た」と話しかけてきたのだった。

彼はパリのユニセフに勤めていること、一度日本へ行ったことがあること。それで私に話しかけたのだと気がついた。何とか省の××さんを知っている、この秋には京都で会議があるから、日本へ行く予定だと。彼は自分の事をよく話した。彼の泊まっているホテルは、土産物屋の二階だといい、その近くで私たちは別れた。

通りを少し行き、小路に曲がったところが、私のホテルだった。窓には灯が点っていた。私がノックすると、出て来たのは初めに会ったプチマダムだった。暖かい部屋だった。まだ時間があると知ると、彼女は例のジェスチャーで、なぜポルトガルから、このルルドへ来たのか教えてくれたのだった。

夫が病気になった。左胸を指したが病名はわからない。そして、手術をしてから三年後に亡くなった。そして今では、ここに通ってくるボスのための食事作りと、夜間の留守番をしているが、以前はこのホテルの掃除など全部していた、と大きく手を広げた。

ホテルの仕事ができなくなっても、ここで年相応な仕事が与えられているということは……。そして言葉がない故に、彼女の話の続きに私の推察はふくらんでいった。

——彼女はここで一生を終えるのだろうか。

働くことができなかったら首になる、そんな話がありふれている中で、今朝会ったボスの顔が浮かび、それから洞窟の入り口で見たたくさんのロウソクの炎のゆらめきが、私の心の中に浮かんだ。

荷物を受け取ってから、二ヵ所のレストランでコーヒーを飲んで時間をつぶした。十一時五十三分発のパリ行きの最終列車は、思っていたとおり空いていた。私は窓際に座り、流れる闇を見ていた。あのプチマダムは故郷ポルトガルに戻りたくはなかったのだろうか。暗闇の中、ポツンと一つの灯がすっと流れ、消え、そしてすぐ待っていたかのように長い闇が続く。

故郷を離れた人々。「彼らの中には老人もいたそうです」昔聞いた声が甦る。ボートピープルのベトナム人。「彼らは故郷が恋しくなると、海を見るそうです」誰から聞いた言葉だったか。あの無表情な顔、そうだ、以前、大宮のベースキャンプで出会ったアン、彼女と同じだ。はじめてあのプチマダムに会ってから、私は無意識に、追憶の中を捜していたのだった。家族七人で逃げてきて、アメリカに移住するために、いろいろ情報を探っていた彼女。結局彼女の家族は、拾われた船の国、ノルウェーに移っていったのだった。

次々にキャンプで出会った若者たちの顔が浮かぶ。そして、あの陽に焼けた畳の部屋で話した、眼鏡をかけた四角い顔の若者も。昼休みの食事のため戻ってきたところだという。日本での短期滞在でも現金の必要な彼らは働いていた。

「私たちはボートの中にいました。見物に来る船はたくさんいましたよ。こういうふうに」

彼は右手を眼にかざしながらいった。

難民流失が多くなり、救助した船は、自国に連れて行かなければならない、というルールに変わっていた。長期化したため、各国の経済が悪化したのだった。

「ノルウェーの船だけが私たちを助けてくれたのです」

来週は移住の訓練のため、フィリピンへ行くという。

「ごめんなさいね、何もお手伝いできなくて」

「いいんです、話を聞いてもらっただけで」

あの時、私は彼に許されたのだった。

それから何年経ったか。

私は軽く眼を閉じた。

XX日（火）薄曇り

七時前パリに着く。ユーロスターでロンドンに行くため、パリ北駅に向かう。駅の構内では小銃を肩にかけ、ベレー帽の二人連れのポリスが見回っていた。そのものものしさに、驚く。段ボールにポリ袋のゴミ箱は、テロ対策のためか。捨てるのに合理的という単純なことではないのだろう、と自分の初めての印象を見直す。

十一時すぎの電車で、ロンドンへは、約二時間半。いつドーバー海峡を渡るのかと眼をこらしていたが、海の姿も見ずに、あっけなくロンドンに着く。赤い二階建てのバスを町中で見かけると、ロンドンに来たのだと思う。

ビクトリアステーション近くの、プライベートガーデンのあるという、小さなホテルに泊まった。ハロッズのデパートの前で、乳母車に子供を乗せたロシア系らしい婦人が、小声で何かいうので、立ちどまってよく聞いてみると、お金をせびっていたのだった。なんだという感じで無視する。そのデパートの案内所では、日本語のわかる女性がいて、「ここではみんな、ハロッズという名の入った手提げだけを買います、もし買い物をするなら、近くのバーバリで買うといいです」といわれ、そこでお土産の小物を買う。

XX日(水)曇

シェークスピアの故郷、ストラトフォード・アポン・エイヴォンに行く。ロンドンから約四時間。大型バスの運転手は小柄な四十代の金髪の女性。小柄な映画女優のようなきゃしゃな人が、と驚く。日本では考えられない。

町中は、観光バスで廻る。風が強く寒い。乗り合わせた日本人男性に、スカーフを貸してあげた。大作家の故郷といっても、あまり興味がないので、ぐるりと見て廻った、という感じだ。ちょっと休んでいたら、こちらに留学しているという日本の女子学生と話した。ホームステイだが、食事がまずいという。私はこちらでもテイクアウトの中華料理を探しているので、まずいという意味がわからないが、そういう評判は聞いていた。スーパーでキャンディーを買ったら、キャッシャーの人が何かいうが、単語がわからない。二、三度聞いてもわからなかったが、買ってしまい、後で辞書で調べたら、糖尿病の人用の菓子だった。

とりあえず、劇を見たいと思ったが、夜の上演なので、諦める。帰りのバスの停留場の表示がなく、聴いて教えてもらったところで待っていた。ようやく来たので乗ったら、なんかかんか言われたが、理解できなかったので知らん顔して乗り続けた。夜が迫っていたので、こっちは必死だった。よかったのか悪かったのか、今でも不明。

XX日（木）晴

今日は、「戦争博物館」と「漱石記念館」を廻る。十八日にビクトリアステーション近くの郵便局で出会った青年と一緒だ。局内で、段ボールをちぎったハガキに、住所を書いて出そうとしていた青年がいた。宛名は大阪。私は声をかけた。ヨーロッパをまわろうとしていたが、アドレス帳をなくしたので、駅で寝泊まりしているという。ここまで来て、もったいないと思い、私が行くところによかったら、一緒に行きませんか、と誘ったのだ。交通費とランチはおごりますよ、と。我が家の子供も旅のどこかで、お世話になっているかもしれないと思ったから。

「戦争博物館」は、ベトナム戦争の飛行機など展示していた。「漱石記念館」は、常松さんが私費でつくった記念館。住所のみで、わかりにくかったので、表示は出さないのですか、と聞いたら、ここイギリスでは、住所がわかればそれでいいので、日本みたいに看板などは出さないという。

「私たちは、こういう経緯で来たのです」と話したら、館長も若いときに貧乏旅行をしたという。それから、浩宮さまも訪れたという証拠に、サインをみせてもらった、名字がなく、お名前だけですと、常松さん。そのうち、閉館時間になったので、近くの地下鉄の駅まで、車で送ってもらう。漱石の転居した家々の写真以外館内はほとんど見なかった。車から降りた青年は「明日日本へ帰るので、パンツを買って帰ります」とのことで、別れた。

ホテルから鍵を借りて、プライベートガーデンを見る。その庭には、バラが咲いていてきれいだった。テニス場もあった。その広い庭の周りは、建物が囲んでいる。それらの人たちが金を出しあって、その庭を維持、管理しているのだという。サポートしている人たちは、鍵をもらい、自由に、庭に入ることができるのだった。午後には、近くの学校の生徒たちにも開放するのだろう、子供たちの姿も見えた。

どこか定かではないが、朝、きらめく庭を見たことを思い出した。花々は水を浴びて輝いていた。もしかしたら、プライベートガーデンの朝の手入れの時間だったかもしれない。

部屋が空いているのに、明日も泊まれるかどうかわからない、と毎日いわれた。（後で考えるに、チップを置かなかったせいだと、数年してからわかった）

XX日（金）快晴

飛行機で四時過ぎサンフランシスコ着。空港外の看板で見かけた安いホテルに泊まる。

湾の中央にある、アルカトラズ連邦刑務所を見学しようとしたが、切符がとれなくて、行けなかった。坂の多い町だ。冬、雪、の苦手な私は、寒い所は住む気がしないが、一年中温暖な気候だというから、冬のトラブルはないのだろう。名物のケーブルカーの電車に乗って、チャイナタウンに行く。店先に、野菜などを大盛りにして、この町に来るといつもながらホッとする。食べたのはチャーハン。量が多く、翌朝の朝食となる。お茶は有料だ。

XX日（土）晴

十二時過ぎ発で、日本へ向かう。およそ十一時間かかる。

若者だったら、バックパッカーと言われるのだろうが、子育てを終えてからの旅だし、そんなに長期でもなく、主婦としての自分もいるから、これはワタシ流の旅といえるかもしれない。失敗もたくさんあるけれど、なんとかなるものだ、ということがわかる。緊急の時には、自分の五感が総動員するのだろうか。失敗したことは印象に残り、懐かしさとともに思いだすというおもしろさがある。自分がつくった旅だからだろうか。アルバイトで貯めたお金で、年一、二回の海外旅行。ハラハラ、ワクワクする自分が、好きだ。日常の中ではめったに経験できないあれこれ。

人生は一度きりだから、こういう経験はやめられない。勇気があるかどうかの問題ではなく、はまってしまったというべきだろう。

ＸＸ日（日）曇

十五時過ぎ成田着。手続きを終えて、電話で、夫に無事に戻ったことを報告する。空港内レストランで、鯖定食を食べる。味噌汁が恋しかった。

ブラブラ・カー

パリ行きの出発三時間前、チェックインのため、私たち二人はエールフランスの受付の前に立っていた。

七十七歳の山田さんは、大型スーツケースを預けた、すると、若い女性のスタッフが、あなたも、というように私に視線を向けた。

「この人は、このリュックサックだけですって」

山田さんがいうと、スタッフも、あきれた顔で、

「フランスを三週間旅するのなら、それでは足りないでしょう」

私の中型の黒いリュックを眺めながらいった。

「私どこに行くのもこれなんです」

言い訳のような説明をした私は、

「もしかしたら、ホームレス状態になるかもしれないわ」

笑いながらいった。

今年（二〇一六）十月、南仏を廻る旅をした。

旅、これこそ非日常だ。

毎日のあれこれを離れて、旅の空で送る日々。習慣と云うべきものとも、離れて。

そう、多分私の旅は、突撃といってもいいのかもしれない。宿は決めない、現地調達だ。

ツアーの経験しかない山田さんは、ほとんどの友人から、ホテルは予約しておいたほうがいい、といわれたという。広い世界だ、泊まる所ぐらいあるだろう、それが私流だった。また、不便があるからこそ、非日常だともいえるし、勘を訓練する場でもあると思いながら私は旅を続けてきた。

今年喜寿を迎える山田さんの夢は、若い頃から南フランスに行きたいと思っていたのだという、私流の旅でもいい？ と彼女のＯＫを聞いて、三歳年下の私との旅になった。

七十代のふたり旅。でも、海外保険を見ると、八十、九十歳のもあるから、我々は若い方となる。

パエリヤを食べたくて、マルセイユに一泊、それからエクサン・プロバンスで三泊、その後のアヴィニョンでフランス人の若者と知りあって、ブラブラ・カーの事を知ったのだった。

その日、私たちは、大型スーパーを見たいと思って、バスで郊外へ出かけた。

広い売り場の一角には寿司売り場があった。そこには、二十代のフランス人の若者がいた。チキンの六個入りの大きな箱を抱え、小さな寿司のパックを持っていた。

「日本の方ですか？」

彼はフランス語で私に話しかけた。簡単なフランス語だった。

その若者は、鼻の下と顎のまわりに髭をはやし、富士山と大きなうねりの波を画いた日本の名画をプリントした半袖シャツを着ていた。

以前日本に行った事があること、また日本には何人かの友だちがいることなど、彼は話した。数分の立ち話のあと、「時間があったら、コーヒーでもご一緒しませんか？」と誘われた。

時間のたっぷりある私たちは、うなずいた。

「このチキンは今日特売で安いから、持ってきたんだけど、ちょっと売り場に戻してきます」

それから、私たちは、スーパーの片隅にあるテラスでテーブルを囲んだ。

アクセルという名の彼は結婚式場のアルバイトをしているという。日本のコミックが好きで、日本で知りあった、――さんとだれかれの女性の名をいった。

日本語を勉強しているけれど、難しいことなど、いろいろと話題はつきなかった。私とアクセルは、フランス語と英語を交ぜながら情報を交換していた。周りの現地のフランス人たちは、温かい視線とほほえみをうかべながら、通りすぎていく。

話が終わり、彼は私たちのホテルの場所を聞くと、「車だから、送ってあげますよ。僕の住まいに近いから」

私は会話の途中で、思いついたアイデアを話した。

「それじゃ、私たちのホテルで、寿司パーティーをしましょうよ」

山田さんがトイレに行っている間に、彼はチキンを求めて再び売り場へ、私は二十五ユーロ、四、五人分の寿司を買ってレジのところに向かった。チキンを抱えて来た彼に、醬油が無い、というと、跳んで行って醬油をもってきて、わさびも必要よというと、またもや飛ぶように持って来た。その踊るような軽やかさに私は思わず微笑んでしまった。

車に乗せてもらうと、まず自分の部屋へ行き、冷蔵庫にチキンを入れるという。

古い建物の二階が彼の部屋だった。「中を見せて貰っていい？」と私が言うと、シェアしている友に断わってからといい、洞窟のような部屋を見せてもらった。八畳くらいの部屋に大きなスクリーンが二ヵ所離れて置かれていた。家具も何も見当たらなかった。左手奥には台所やトイレもあるのだろう。

三人だけの寿司パーティーは、ロビーで開かれた。山田さんが『部屋でやるのはいやよ、だってベッドもあるし、第一狭いじゃないの』という提案で。

日本から持ってきたティーバッグのお茶を飲み、寿司を食べた。八人分の椅子しかないロビーは、このホテルの規模を示していた。

入り口から入った客は、受付をとおり、このロビーを横目で見て、端にあるエレベーターに乗る仕組みになっている。

何人かの宿泊客の出入りがあった。

そこに、親しげに近寄ってきたのは、背の高い中年の男だった。瓜《うり》のような顔をして、縮れた赤い髪は、トウモロコシを思わせた。作業員のような衣類は汚れていた。少し歯の欠けた彼は、アクセルに話しかけた。外国人は誰にも気軽に話しかける、私はこの気安さは、日本ではなかなかないと、思いながら二人を見ていた。

「彼はアメリカから来た、ストリートミュージシャン（大道芸人）です」

アクセルが説明してくれる。言葉少ない彼は、スマホでミネソタの故郷の風景を見せてくれた。雪が降っている光景に私たちは眼をみはった。

それから、ピアノの前に座ると、我々の為に、日本のイメージだという曲を弾いてくれた。

「作曲もするそうです」アクセルはつけ加えた。

その次に、彼が手作りの曲をギターで弾き始めると、受付の眼鏡をかけたスタッフが笑顔でやってきて、ワイシャツのポケットから何かとりだした。訝《いぶか》しげに見る我々に、彼は小さなハモニカを手に、ギターと合奏し始めたのだった。小さな演奏会になった、思いがけない良いパーティーになったわ、私は思った。

その後、アクセルは、このミュージシャンの部屋で何か話をしていた。

しばらくして戻ってきた彼は、

「明日リヨンに行きたいと言ってましたね」と訊いた。会話の中で私たちは明日の予定のことも話していた。

「僕はパリでコミックのフェスタをしているので、明日パリに行きます。あのミュージシャンと一緒です。もしよかったら、一緒にブラブラ・カーで行きませんか？　電車より安いですよ」

「それはなんですか？」初めてきく言葉に私たちは尋ねた。

「インターネットで調べて、自家用車でパリに行く人の車に相乗りするシステムです」

「まあ、知らない人の車に乗るなんて！」山田さんは声を強めていった。

「僕は、モンサンミッシェルのそばの町に住んでいましたが、そのブラブラ・カーで五回もパリに行きましたよ。なんのトラブルもありませんでした、我々にとっては普通のことなんです」

旅には危険防止も必要だろうし、インスピレーションも大事となる。日本にはないシステムで、まして外国では、山田さんはこの提案に拒否を露わにした。私は、少しの不安はあったが、このアクセルの申し出は有難かった。彼の親切を素直に受けとった。いつも私の心の底には、開き直りが横たわっている。そして何事も自己責任だ。でも、ここはいつもと違い、山田さんの意見が方向を決めるのだった。

「私は大きなスーツケースがあるから」山田さんは、乗らない理由をいうと、

「待ち合わせの所まで持って行ってあげますよ」アクセルが答える。

「どこで待ち合わせるの？」私が訊くと、

「駅の前です」彼はいう。会えるのかしら、名前も何も知らない人と、私は賛成の思いを秘めながら、漠然と彼の答えを転がしていた。

「安けりゃいいってもんじゃないわ」

山田さんは呟いた。

それらの拒否にも、アクセルは辛抱強くねばった。図まで描いて説明する。

彼の熱心さに、押し切られた感じだった。私たちの暗黙の了解を得たと思った彼はスマホで、長い数字の列を入力しはじめた。多分、パリ行きの車に、リヨンを通る私たちのために同じ車を捜していたのだろう。何度も違う数字を繰り返して時間が経った。

しばらくすると、

「ようやく見つかりました。パリ行きの一緒の車は見つからなかったので、我々とは別にな

ります が、リヨン行きです。一人、十二ユーロ。明日六時半、このホテルに迎えに来ます。それから、待ち合わせの場所までスーツケースも運んで手伝いますから」

翌朝、約束どおり、彼は迎えに来た。まだ寝ている静かな石畳の街を歩く。

「駅で待ち合わせじゃなかったの？」私は訊いた。駅へ行く道とは違っていた。私にも少しの不安があったからこの質問になった。

「駐車場に変更になりました」

ホテルから二十分ぐらい歩いただろうか。

「ここです」と彼が言ったのは、広い駐車場にある事務所の横だった。そこには、バッグを持ったやせた黒人が立っていた。

「一緒ですか？」と訊くと、彼はうなずいた。

少しすると、一台の黒い乗用車が我々の前にすべりこんできた。運転する人は、落ち着いた感じの五十代くらいのムッシュだった。簡単なあいさつの後、彼は黙々と、後ろの荷台に荷物をのせ、私たちは後部座席に、そして黒人の彼は運転席の隣に乗った。

全員無言のまま、車は道路を走り抜けていく。私と山田さんは、このはじめての経験に、緊張で固まって座っていた。運転席のムッシュは水たばこを数回吸った。

高速道路で窓から見える景色は、フランスの画家の描いたなじみのある木々であり、空にもまた、天使のいるような雲が浮かんでいた。

話す単語も内容もないまま、時間だけが流れていった。

そして一時頃リヨンに着いた。私たちは、希望通り、観光案内所の前でおろしてもらった。

「このブラブラ・カーっていうシステム、とても経済的ね」といった私に、

「環境にもいいいんです」といったアクセルの言葉が思い出された。

あの頃のプノンペン

近くに住む難民のミセスSから、戦争が終わったので、一緒にカンボジアに行きませんかと誘われた。

二十年位前の話だ。

夫との身内を併せて、二十何人かの葬式をするという。

夫婦は、別々に隣国のタイにあるキャンプへ逃げて、命が助かった。その難民キャンプで、アメリカへの移住を希望したが、待機する人が多いので、しかたなく日本移住に替えたのだという。彼女の兄は医者で、虐殺され、母親は腰に弾があたり、それが原因で亡くなったという話は聞いていた。二十数人という戦争ゆえの大勢の葬式に参列させてもらうことにして、私は盆提灯などを買ったりした。友の一人から、子どもたちに学用品でも買ってあげて、と一万円も預かっていた。

カンボジアには別々に入った。首都プノンペンでは、あるＮＧＯ（非営利・非政府のボランティア団体）のスタッフから聞いた千円位のホテルに泊まる予定だった。しかし、そこは修理中とかで、同程度のホテルをタクシーの運転手が紹介してくれた。絨毯《じゅうたん》はすりきれていたが、クーラーがあるのでまずまずだった。

ホテルの三階から見る夜空は暗く、街中の闇は深かった。明かりは二ヵ所だけ。遠く小さくＳＯＮＹと読める赤いネオンサインと、左隣の建物をふちどる、点々と寂しく光る、まるでうらぶれたキャバレーの飾りのようなデコレーション、しかし、それは寺院だった。

夜が明けると、窓のそばには実をつけた高いヤシの木が風に揺れていた。なんとなくぼんやり見ていた私の視野に、何やら動くものがあった。斜め向かいの五階建ての屋上だった。眼を凝らすと、布を引きずって立ち上がる二、三人の若い男たちだった。彼等は屋上で寝ていたのだった。みんな痩せて同じような体型で、上半身裸でズボン姿だった。後ろからも数人起きあがってきた。

プノンペンに着いてすぐ私がしたことは、ミセスＳに私のホテルを知らせることだった。戦後すぐのため、電話はないのだろう。日本で渡されたメモは連絡場所だった。

タクシーは街をはずれ、土埃の村の道を小一時間走っただろうか。運転手は、住所を確認しながら、ここです、と言って車を止めた。

建物はなく、レンガがそこここに積まれていた。その運転手は、「ここの人は金持ちですね」と言い、社長さんみたいですね、と付け加えた。以前、ミセスSが、『大風が吹くと、草ぶきの家はすぐこわれてしまうから、いくらお金を送ってもしょうがないの。自立してもらわないと』と言い、貯めてまとまったお金を送金するために、東京の銀行まで一緒に行ったことを私は思い出した。『レンガ会社を作ったんだわ』。心の中で私は呟いた。出てきた男に、ホテルの名前とアドレスを書いた紙を渡した。

その後、ミセスSがホテルに訪ねて来てくれて、文房具を一緒に買いに行った。預かったお金をドルに換えて、彼女に渡した。石造りの一角に店はあった。店内いっぱいに板を渡し、その上にノートなどの文房具が並べられていた。昔の駄菓子屋を私は思い出していた。ミセスSは、あれこれ注文しながら、「わたしカンボジア人に見られてないの」と日本語で言った。

「どうして？　だってカンボジア語でしゃべっているでしょう？」

「太っているから」

彼女は、小太りで黒い瞳をもっていた。

「ここの人たち、みんな痩せているでしょう、だから……」

そして、少しすると、残りはお姉さんが学校の先生をしているので、その生徒に買ってあげたいと言いだした。半分くらいは残っていただろう。

「友だちの気持もあるから、私の目の前で使ってもらいたいの」と私は言った。しかし、彼女の反応がないので、「じゃあ、残ったお金は返してちょうだい」と手をだした。どこかに寄付しようと思ったのだった。それは私なりの責任の取り方だった。

明日、迎えに来るから、と言ったミセスSは、いくら待っても来なかった。私は葬式の場所も、時間も知らなかった。残ったお金を返してもらったことで、彼女を怒らせてしまったのだろうか。タクシーでまたレンガ工場まで行く気にはなれなかった。私を迎えに来ないということは、彼女の意志だった。

食事のために、歩いて二十分くらいのセントラル・マーケットに行った。衣類から食料品まで揃っていて、その衣類の中には、援助物資の横流しも入っているという。

どこへ行っても、市場は私の好きな場所だった。そこには色とりどりの野菜や、肉、魚とともに、コンクリートの上では、女たちが威勢よくしゃべりながら、売っていた。少し、下水の匂いが気になるが、それより活気のある賑わいが大好きだった。そして、「あれとこれ」

と指差しておいしそうな物を選んで、透明なビニール袋に入れてもらい、ぶらさげて、ホテルに戻り食べたのだった。

時間がある私は、日本のNGOを訪ねることと、ミセスSが教えてくれた「キリング・フィールド」を見ることにした。ここは最近観光名所になっているという。郊外にあるという情報は得ていたから、始めに、活動している四ヵ所のNGOを訪問することにした。

交通の足は、リキシャにした。英語が通じることを考えると。オートバイの方が効率的だと思うが、私は現地の乗り物が好きだった。

先ず言葉がわからないから、私、ここに行きたい、というジェスチャーをして、地図を出す。それを見たリキシャの男は、首をかしげる。しばらくすると、リキシャの仲間が数人よってきて、なにかしゃべっている。「あそこじゃないか、ここじゃないか」と言っていると、推察する。でも、ちゃんと目的地まで連れていってくれた。あとで、現地事情に詳しい人が言うには、「多分、戦争で学校にも満足に行けなかったので、地図も見たことがなかったかもしれない」と。

故郷の日本を振り返れば、戦争のため小学校も満足に卒業できなかった、昭和ひとけた生まれの人たちも大勢いる。戦争が一人一人の生と死を分けるが、また生き残った一人一人の人生にも深い傷をつけたのだった。

最初に訪れたのは、住民の健康のための保健指導を行っているNGOだった。私の突然の訪問にもかかわらず、現地の村まで連れていってくれた。日本人の若い医者は、事務所から現地までオートバイで行くのだった。その格好は、月光仮面のお兄さんよろしく、マフラーに眼鏡、手袋と、土埃には、完全武装だった。村人の健康診断の時、活躍するのは、乳児の体重をはかるための、天井からぶらさげられた「はかり」だった。

二番目に訪れたのは、子どもと女性のための会だった。一棟のささやかな建物は保育所だった。わずかなおもちゃがあった。また、女性の自活のための機織《はた》り場があったが、作業する人は誰もいなかった。事務所には、原料から作ったスカーフの在庫が沢山あった。まだ販売ルートができていないので、日本から来た観光客が頼りだという。そこで、私は何枚か買った。現地スタッフと一緒に働く若い日本人女性は、「もう戦争は終わったので、会の名称に難民という言葉は必要ないのですが……」と言った。それは平和のしるしだった。心に深くしみた言葉だった。

三番目は、日本の仏教系の団体だった。カンボジアの子どもたちのための絵本作りと、印刷所のプロジェクトを行っていた。そこで印刷していたのは、市民への警告としての数種類の地雷が描かれた絵だった。土地は政府から出してもらい、その上に工場を作り、技師も派遣して土地の人に技術を教える。そのプロジェクトが終わったら、工場の全部を置いて行くのだそうだ。お土産に印刷したばかりの、地雷の絵をもらった。最後に訪れたのは、御徒町に事務所を構えるNGOだった。今は土木工事をしているとかで、忙しそうだった。受付で話を聞いただけで、現地を見ることなしに終わった。

ベトナムのボートピープルの難民問題が出て、各国で話しあったとき、他の国では代表者が出ているのに、日本ではこのグループしか参加していなくて、急きょ代表となった経緯がある。


私の滞在するホテルのロビーは狭かった。そこでたまに会うのは、香港で洋服商を経営しているというインド人一家だった。毎年来るという。奥さんがおむつを外して丸裸の子どもを床にじかに遊ばせていた。昼間のけだるい時間、みんな昼寝をしているだろう時に、受付にある有線から、突然、春日八郎の「別れの一本杉」の曲が流れてきた。異国で聴く演歌は、予想外でもあり、私を面白がらせた。

タイ経由で日本へ帰るという私に、髭をはやしたそのインド人の夫は、タイには面白いアミューズメントのホテルがある、と勧めてくれた。そこは「コールガール」の多くいるところだった。朝、ロビーにおりると、煙もうもうの不健康な場所を見て、あわてた私は、表に飛びだし、コンビニにはいった。そこで出会った日本人に「早く出た方がいい、そのホテルは、コールガールの巣だと評判のホテルだから」と言われてそのホテルをあわてて出た、というのは後日談になるのだが。

ＮＧＯの訪問を終えたあと、「キリング・フィールド」に向かった。

最近名所になっているという「キリング・フィールド」は刑務所と慰霊塔の二ヵ所を指すという。

私が最初にこの名前を知ったのは、ミセスＳが、ビデオをわざわざ借りてきて、私に見せてくれた映画のタイトルからだった。そこには、攻撃で逃げ惑う市民たちなど、戦争の悲惨さが映しだされていた。

「私も、こうやって逃げてきたの」

画面を見ながら彼女は言った。

夫は政治活動をしていたため、先に逃げていた。囚われた彼女は刑務所にいたという。ここにいたら殺されると思い、同じ思いの女の人と逃亡したという。

「昼間は危険だから、移動するのは夜なの。暗いから口笛で合図しながら歩いたの」

命を賭けての逃亡。暗い闇、かぼそい口笛の音、夜空には、目印の星……私の想像できない世界だ。

訪れた刑務所の門を入ると小さな小屋があり、数人がたむろしていた。その正面には箱が置いてあった。入場料を入れるのかと思い、心ばかりのお金を入れた。中庭にそって高校だったという校舎が建っている。それが刑務所だった。ある教室には、鉄製のベッドがある、他の所には、大きな鉄玉が鎖につながり、転がっていたり、机も椅子もない空間にただそんなものが置いてあり、最後の部屋には、殺された市民の顔写真が部屋いっぱいに貼られていた。その場にいた見学者たちは、無言で見つめていた。

見終わって中庭に立つと、外国人や観光客を連れたガイドなどが、ポツポツと入ってくる。見るとはなしに見ていると、ガイドは馴れた態度で、箱にお金も入れずに通って行くのだった。と、そこに、眼鏡をかけ、短パンの若者が入ってきた。

アジア系らしいが、顔の色が同国らしい。

「日本の方ですか？」私は声をかけた。うなずく彼に、「その箱にお金を入れなくてもいいみたいですよ」。私は言った。

立ち話をすると、彼も慰霊塔に行きたいという。

「あそこは、郊外にあって遠いみたいですから、タクシーじゃなければ無理でしょう」

それは私も同意見だった。一緒に行くことにした。

ここではタクシーに乗るためには、ホテルから呼んでもらわなければならないとわかり、私たちは、近くのホテルに行くために、一緒にリキシャに乗った。『こんなところを、近所の人に見られたら、不倫と間違えられるかもしれない』『でも、ここはカンボジア、遠いから大丈夫』。私は心の中でこんな一人会話をした。

浮気という男女の関係ではなく、一人の人間として、男と女の垣根を越えて話せる大らかさを海外で味わう、これは私にとっての自由でもあった。

車から降りて、眼につくのは慰霊塔だった。塔の真ん中の部分はガラスになっていて、おびただしい頭蓋骨が何段にも分かれて並べられていた。ここは別名虐殺場と呼ばれていて、あらゆる手段で惨殺された場所だという。なだらかな地面を歩く私の脇の土の中に、白い物体を見つけて、立ちどまるとそれは、足の脛《すね》の白骨の一部だった。これがこの国の慰霊の形だった。遺骨を壺に納める、我々の文化とは異質だった。

カンボジアまで行って、アンコールワットも見なかったんですか？　と訊かれても、私の旅は、何かに出会う旅かもしれない、と心で呟くのだった。ちなみに、あるNGOの若者に、「アンコールワットを見学しましたか？」と問うと、「いいえ」という答えが返ってきて、一人うなずく自分がいた。

なんにつけても、難民という言葉が消えたことは、善いことだと思っていた。乗り換えのため、タイの空港で日本の便を待つ私は、眼を見張った。そこに、タイムスリップしたような人々を見たからであった。乗務員の先導で、スーツケースの代わりに、大きな籠を背負い、古ぼけたコートを着て、長靴をはいた長老らしい男を先頭に、貧しい身なりの一行が歩いて行くではないか。彼等は別世界の人たちに私には見えた。

通りかかったスタッフは、彼等はミャンマーの山岳民族の難民で、これから、アメリカへ行くのだと言った。

〈著者紹介〉
斎藤　よし子
1942（昭和17）年東京生まれ。
東京都立目黒高校卒。
「婦人文芸」同人。

川へ

定価（本体1400円+税）

乱丁・落丁はお取り替えします。

2020年 1月29日 初版第1刷印刷
2020年 2月10日 初版第1刷発行
著　者　斎藤よし子
発行者　百瀬精一
発行所　鳥影社 (www.choeisha.com)
〒160-0023 東京都新宿区西新宿3-5-12トーカン新宿7F
電話 03-5948-6470 fax 03-5948-6471
〒392-0012 長野県諏訪市四賀229-1（本社・編集室）
電話 0266-53-2903 fax 0266-58-6771
印刷・製本　モリモト印刷

ISBN978-4-86265-794-7 C0093